KB065718

문학과지성 시인선 455

에코의 초상

김행숙 시집

문학과지성사

문학과지성사에서 펴낸 김행숙의 시집

사춘기(2003)
이별의 능력(2007)
무슨 심부름을 가는 길이니(2020)

문학과지성 시인선 455

에코의 초상

초판 1쇄 발행 2014년 8월 18일
초판 12쇄 발행 2024년 11월 22일

지 은 이 김행숙
펴 낸 이 이광호
펴 낸 곳 ㈜문학과지성사

등록번호 제1993-000098호
주 소 04034 서울 마포구 잔다리로7길 18(서교동 377-20)
전 화 02)338-7224
팩 스 02)323-4180(편집) 02)338-7221(영업)
전자우편 moonji@moonji.com
홈페이지 www.moonji.com

ISBN 978-89-320-2651-0 03810

문학과지성 시인선 455

에코의 초상

김행숙

2014

시인의 말

우리를 밟으면 사랑에 빠지리……

2014년 8월

김행숙

에코의 초상

차례

2부

1부

인간의 시간

우리를 밟으면 사랑에 빠지리
물결처럼

우리는 깊고
부서지기 쉬운

시간은 언제나 한가운데처럼

존재의 집

그런 입 모양은 아직은 침묵하지 않은 침묵을
침묵으로 들어가는 입구를
입구에서 조금만 더,
조금만 더 기다려보자고 기다리고, 끊어질 것 같은 마음으로 기다리는 사람을 뜻한다
그 사람이 얼음의 집에 들어와서 바닥을 쓸면 빗자루에 묻는 물기 같고
원래 그것은 물의 집이었으나 살얼음이 이끼처럼 끼기 시작하고
물결이 사라지듯이 말수가 줄어든 사람이
아직은 침묵하지 않은 침묵을
침묵으로 들어가는 좁은 입구를
그런 입 모양은
표시했다
식사 시간에 그런 입 모양이 나타났을 때 숟가락을 떨어뜨렸고, 그 사람은 숟가락을 떨어뜨린 줄도 몰랐는데
그 숟가락은 무엇이든 조금씩 조금씩 덜어내기에

좋은 모양으로 패어 있고
　구부러져 있다
　숟가락의 크기를 키우면 삽이 되고, 삽은 흙을 파
기에 좋다
　물, 불, 공기, 흙 중에서 흙에 가까워지는 시간에
　이를테면 가을이 흙빛이고 노을이 흙빛이고 얼굴
이 흙빛일 때
　그런 입 모양은 아직은 입을 떠나지 않은 입을
　아직은 입으로 말하지 않은 말을
　침묵의 귀퉁이를
　아직까지도 울지 않은 어느 집 아기의 울음을

누구를 위하여 종은 울리나

저녁이면 손을 모으는 일을 했다
어느 날은 손이 뜨거웠다
권총을 붙들고 부들부들 떨고 있는 것 같았다

총의 환상이 사라지자
총에 맞은
한 마리 검은 새처럼 손만 남았다

밤에 서 있는 오뚝이는 항상
무용하게
가슴에 손을 모으고 있었다
오뚝이는 어린아이의 장난감이 아닌가?
누구나 어린아이였지, 옛날부터
위험하게

어느 날은 손이 버려진 물건처럼 여겨졌다
길에서 주워 온 손을
저녁에 호주머니에서 꺼내는데, 몹시 배가 고팠다

그래서 까만 눈동자가 서서히 하얘지는 것 같았다

저녁에 손을 모으면
누구의 손이라도 모두 닮았다

낮

너의 주위는 몇 개의 눈동자가 숨어 있는 떨기나무 같은 것. 가시들은 눈동자의 것. 덤불의 것.

너의 주위는 밝다.

하루 종일 불을 켜두었다. 시간은 인공호수 같다.

열두 시간과 열두 시간이 똑같았다. 사랑은 어둠을 좋아했으므로 사랑하지 않는 날들이 지속된다.

아담의 농담

몸에서 30센티 40센티 50센티 떨어져 있는 통증을 어떡하죠? 그것이 두통이라면, 내게서 50센티 60센티 70센티 떨어져 있는 머리를 어떻게 데려오죠? 70센티 80센티…… 통증으로부터 달아나는 중인 머리라면, 80센티 90센티…… 사실은 그것이 통증에 다가가는 중인 머리라면, 우리가 모두 통증에 연결되어 있다면, 통증이 우리의 중앙관제시스템이고 시민들의 폐활량이고 침묵의 지평선이라면, 머리를 감싸 쥐거나 머리에 압박밴드를 묶거나 머리 꼭대기에서 찬물 세례를 퍼붓거나 관자놀이에 권총을 사과나무 묘목처럼 심거나

머리를 가지고 취할 수 있는 이 모든 조치가 긴급하다면, 머리부터 찾고 볼 일입니다. 1미터 2미터…… 일단 시야에서 벗어나기 시작하면, 담장을 넘고 싶고 그때부터는 당장 강을 건너고 싶고 바다를 건너고 싶은 법이니까요. 두통에 내내 시달리는 머리로 자신의 길을 결정했다면, 멀리… 멀리………

굴려버렸을 것입니다. 앞을 생각하지 않았다면, 뒤에 남겨지는 것들을 생각도 못 했을 것입니다. 남겨지는 것들로만 나를 구성했다면, 나는 나를 완전히 잊어버렸을까요? 잊어버릴 뻔했는데 기억나는 말이 있다면, 다시 잊어버리기 전에 적어둬야 하는데 나를 대신해서 기억해줄래요?

말을 하려고 하면, 말이 잘 안 됩니다. 말이 안 돼도 말을 하려고 애쓰면, 사람들은 걱정스레 묻습니다. 어디가 아픕니까? 그것이 복통이라면, 토하세요. 토하고 싶다면, 토하고 싶은 것들은 무엇입니까? 토할 것 같다면, 토할 것 같은 것들은 무엇입니까? 무슨 냄새를 맡았습니까? 대체 무엇을 보았습니까?

질문하고 질문하고 질문하는 자는 대관절 누굽니까? 처음엔 사회복지사처럼 머리를 숙여 내 상처를 들여다보았다면, 머리를 들었을 때 나타난 그 형사는 상처에서 죄를 건져 올린 것 같습니다. 그가 내

약점을 잡은 것 같다면, 나는 나의 약점이 무엇인지 알아야 합니다. 죄를 고백하려고 하면, 먼저 어떤 죄를 고백해야 하는지 알아야 합니다. 마음이 아프다고 하면, 마음을 보여달라고 할 것 같고, 내 마음이 어딨는지 내가 모른다고 하면, 그가 대신 찾아서 말해주겠다고 할 것 같습니다. 그가 친절하게 말해도 "고맙습니다"라고 대답하면, 안 될 것 같습니다. 말하면, 안 될 것 같은 말만 자꾸 생각나서 침묵했습니다. 침묵이 길어지면, 긴 침묵은 기다리는 자의 것이었다가 시간이 무심하게 흘러 죽은 자의 것으로 석양 밑에 깔립니다. 친절한 그가 대신하여 이야길 시작하면, 나는 죽어서 어느 날의 내 목소리를 듣는 것 같습니다.

밤에

밤에 날카로운 것이 없다면 빛은 어디서 생길까. 날카로운 것이 있어서 밤에 몸이 어두워지면 몇 개의 못이 반짝거린다. 나무 의자처럼 나는 못이 필요했다. 나는 밤에 내리는 눈처럼 앉아서, 앉아서 기다렸다.

나는 나를, 나는 나를, 나는 나를, 또 덮었다. 어둠이 깊어…… 진다. 보이지 않는 것을 많이 가진 것이 밤이다. 밤에 네가 보이지 않는 것은 밤의 우물, 밤의 끈적이는 캐러멜, 밤의 진실. 밤에 나는 네가 떠나지 않았다고 생각한다.

낮에 네가 보이지 않는 것은 낮의 스피커, 낮의 트릭, 낮의 불가능성, 낮의 진실. 낮에 나는 네가 떠났다고 결론 내렸다.

죽은 사람에게 입히는 옷은 호주머니가 없고, 계절이 없고, 낮과 밤이 없겠지…… 그렇게 많은 것이 없다면 밤과 비슷할 것이다. 밤에 우리는 서로 닮는다. 밤에 네가 보이지 않는 것은 내가 보이지 않는 것같이, 밤하늘은 밤바다같이,

연못의 관능

연못가에 쪼그리고 앉아 있으면 세계의 차원이 바뀌는 순간이 온다. 친구여, 식물세계에서 약을 찾는, 제약회사에 다니는, 밤잠이 줄어드는, 점점 줄어들어서 언젠가 없어지는 순간이 올 거라고 말하는.

인간은 정원을 만들고, 연못을 파고, 두 개의 삶 중에서 하나는 숨기고, 하나는 수면에 젖는 종이배 같은.

무역회사에 다니다가, 보험회사에 다니다가, 집에서 노는 친구여, 연못가에 쪼그리고 앉으면 눈빛이 몽롱해지는 친구여, 우리는 제한적이다, 저 잉어가 그리는 삶의 둘레처럼. 그러므로 비밀이 필요한 우리는 서로의 혀를 깨문다.

연못을 한 바퀴 돌고, 하릴없이 다시 한 번 연못가를 거니는 동안, 세계가 변했거나, 내가 바뀌었거나, 보이던 게 안 보이고, 안 보이던 게 보인다. 이를테면 수면에 뽀글거리는 저 기포들, 구멍들. 누구, 누구의 입술이 밤새 끓고 있는가?

유리창에의 매혹

이 집에 자주 들르는 이유도 커다란 유리창 때문이라고 말했지. 망원경의 성능이 좋아질수록 밤하늘에 나타나는 별들도 많아지니까.

뭐? 우리 동네에 커피 전문점이 부쩍 많아진 이유가 커다란 유리창 때문이라고? 백 년 전 젊은이들에게 유리창은 모던하고 신비로운 물체였어. 세상의 모든 골목에서는 유리창을 깨뜨린 아이가 혼쭐나는 날들이 백 년 동안 반복되었지. 유리창은 있으나 없으나 똑같을 것 같은데.

똑같다고 말할 때, 너는 잠깐 이 세상에서 가장 순진한 얼굴이 되었다. 이 바보야, 이렇게 환한 커피 전문점에서 유리창이 밤을 밀어낼 때, 어둠은 거울 속처럼 너의 얼굴을 가져간다.

커피를 마시며 시험공부를 하고 있다. 이번엔 꼭 시험에 합격하여 공무원이 되었으면 좋겠다. 여섯

시 정각에 퇴근하는.

여기에 앉아 있으면 저녁 여섯 시 무렵부터 시작되는 마술을 볼 수 있지. 세상의 모든 커피 전문점 2층의 천장에 박힌 알전구들이 유리창 너머 허공 속으로 한 개씩 한 개씩 늘어서는…… 놀라운 광경을. 나는 저녁 여덟 시에 청색 하늘에 떠 있는 전구들을 바라보고 있으면…… 어쩐지 친구를 한 명씩 한 명씩 잃어버리고 있다는 생각이 들어. 유리창 너머에서.

사람들은 백 년 동안 한결같이 유리창을 사랑했다는 생각이 들어. 유리창을 통과하여 찻집으로 날아든 하얀 새를 보면서, 유리창이 가짜라고 생각하는 사람과 새가 가짜라고 생각하는 사람이 마주 앉아 커피를 홀짝거리고 있어.

산책하는 72가지 방법

누군가를 미행하는 기분으로 걷는 것도
한 가지 방법인데 말입니다
한 가지 방법에서 사거리가 나오고, 또 오거리가 나옵니다
또 사람들은 얼마든지 쏟아져 나올 것 같습니다.
개 한 마리도 보았습니다

뒤돌아서는 개는
왜, 라고 짖을까요?
개와 나의 관계를 생각할까요?

개와 나의 관계를 생각하며 걷는 것도 한 가지 방법인데 말입니다
오늘은 누군가를 미행하는 기분으로 걷다가
그의 뒤에서 닫힌 문을 생각했습니다
나의 앞에서 닫힌 문을 생각했습니다
사랑하는…… 사람이었다면 매우 슬펐을 것입니다

그리고 모르는…… 사람이었다면
나는 엉뚱한 슬픔에게 발각되었을 것입니다
여기에서 뭐 하니?

산책하는 72가지 방법을 궁리하며 걷는 것도 한 가지 방법인데
햇빛이 더 기울고
햇빛이 완전히 일자로 누워버릴 때까지
왼쪽 얼굴만 서쪽 하늘처럼 발갛게 태우는 것도 한 가지 방법인데 말입니다만

새의 위치

날아오르는 새는 얼마나 무거운지, 어떤 무게가 중력을 거스르는지,

우리는 가볍게 사랑하자. 기분이 좋아서 나는 너한테 오늘도 지고, 내일도 져야지.

어쩜 눈이 내리고 있네. 겨울 코트엔 온통 깃털이 묻고,

공중에서 죽어가는 새는 중력을 거절하지 않네.

우리는 죽은 새처럼 말이 없네.

나는 너를 공기처럼 껴안아야지. 헐거워져서 팔이 빠지고, 헐거워져서 다리가 빠져야지.

나는 나를 줄줄 흘리고 다녀야지. 나는 조심 같은 건 할 수 없고, 나는 노력 같은 건 할 수 없네. 오늘은 내내 어제 오전 같고, 어제 오후 같고,

어쩜 눈이 내리고 있네. 오늘은 할 수 없는 일이 얼마나 많은지, 그러나 오늘은 발자국이 생기기에 얼마나 좋은 날인지,

사람들은 전부 발자국을 만드느라 정신이 없네. 춥다, 춥다, 그러면서 땅만 보며 걸어다니네.

눈 내리는 소리는 안 들리는데 눈을 밟으면 소리가 났다.

우리는 눈 내리는 소리처럼 말하자. 나는 너한테 안 들리는 소리처럼 말했다가

죽은 새처럼 말했다가

죽은 새를 두 손에 보듬고 걸어가야지.

상형문자 같은

사람들은 목을 꺾어 인사하고, 팔을 꺾어 포옹하고, 불꽃을 쥔 손처럼 또 무엇을 꺾어서 사랑하는가.

내 꿈을 꺾어서 너의 가슴에 안길까. 너는 내 대신 꿈을 꾸고, 나는 텅 빈 잠을 자는 동안,

당신이 괴롭지 않다면 나는 무슨 의미가 있죠? ……칼자루를 쥐었는지……칼날을 쥐었는지…… 나는 혼동의 순간에 빛난다.

그것은 해독할 수 없는 상형문자가 남겨진 석판 같은 것이다. 무엇이 너와 닮았는가. 너와 닮은 것을 찾지 못할 때,

무엇이 너와 닮지 않았는가. 너와 닮지 않은 것을 찾지 못할 때, 불꽃을 쥔 손으로 사라진 동물 같은 무엇을 모방하는가. 상상의 동물 같은 무엇을 꿈꾸는가. 잠에서 깨어났을 때 잠시, 나는 나를 알아보지

못했다.

그다음에 알아본 나는 누굴까. 그다음에 내가 알아본 너는 누굴까.

1인용 식탁

1인용 식탁이 되는 이유……를 생각하게 되는 것이다.

똑같은 가구가 불러일으키는 상념이 달라졌다는 것을 어느 날 알게 되는 것이다.

마음이 약해질 때가 있는 것이다. 나는 마음속에서 의자 몇 개를 꺼내놓고 싶어지는 것이다.

그런 의자에 앉힐 수 있는 존재란 유령들뿐이다…… 그런 충고는 대체 누가 하는 것인지 묻는 기분으로 나는 입을 벌리게 되는 것이다.

마음에서 하는 사랑과 침대에서 하는 사랑은 다른 것이다……

혹은, 마음에서 사람을 죽이는 것과 침대에서 사람을 죽이는 것은 다른 차원의 사건이다……

나는 어느 쪽의 사건에 휘말렸을까. 꿈과 꿈같은 것의 차이에 대해 생각하게 되는 것이다.

잘못 알고 있는 것들로만 이야기가 만들어진다면…… 나는 저녁 만찬을 준비하고 있을 것이다.

나는 결혼을 한 적이 있었을 것이다. 나는 두번째

결혼을 한 적이 있었을 것이다.

축하하기 위하여 사람들이…… 사람들이…… 몰려온다. 내가 또다시 공포에 빠지는 이유를 생각하게 되는 것이다.

아, 서사극

여행용 트렁크를 끌고 나가면서, "우리는 끝"이라고 말합니다.

죽을 때, "나는 끝"이라고 말하고 숨을 안 쉬면 좀 우스울 것 같습니다.

그래도 웃으면, 안 되는 상황이 있다는 것이 인생의 어두운 면 같습니다.

그래서, 불을 켜지 않았습니다.

그럴수록, 불을 환하게 켜야 한다고 생각할 수도 있습니다.

세계와 인생은 다른 건데, 세계관과 인생관은 비슷한 말 같습니다.

학원에서 한 달 배운 외국어로 말하는 것 같습니다. 그래도, 너는 두 달간 열심히 배웠습니다.

두 사람, 무슨 관계야?

지하조직의 감수성은 감수성의 지하조직에서 나온다, 안 나온다, 그건 또 무슨 관계야?

땅을 죽도록 파봐라, 물이 나오나? 백동전이 나오나? 붉은 도끼가 나오나? 나올 수도.

까만 점 같은 파리는 새끼손톱보다 작은데, 날아다니는 맹점 같은 파리 소리는 엄지손톱보다 큽니다.

이래서야, 잠을 잘 수 있겠습니까.

괴로운 이유, 알고 싶을 때가 있고 알고 싶지 않을 때가 있습니다.

모든 게 나 때문이라면, "나는 끝"이라고 탄식하자마자 관객들은 행복의 비명을 질러댈 겁니다.

똑같은 상황에서, 웃는 사람과 우는 사람이 있고 돈을 왕창 버는 사람과 돈을 몽땅 잃는 사람이 있고 이도 저도 아닌 사람이 있습니다.

내가 웃는 게 웃는 게 아니고 우는 게 우는 게 아닙니다. 그럼, 뭡니까?

똑같은 음식을 먹었는데, 입에서 나는 음식 냄새는 달랐습니다.

어젯밤 꿈에서도 이렇게, 똑같이 추궁했지만 똑같은 상황이란 현실에 존재하지 않는다고 생각할 수도 있습니다.

그래서, "우리는 끝"이라고 생각할 수 있습니다.

그래서, "우리는 시작"이라고 생각할 수도 있습니다.

반대로 말하고 같은 말이라고 생각하는 것은 말과 생각이 다르기 때문, 말의 논리와 생각의 논리가 다르기 때문.

그래도 이유 같은 것, 미로 같아서 찾을 수 없습니다.

그래도 이유는 있어, 일단 이렇게 이야기를 시작하면 이유는 인생보다 길어집니다.

이야기만 하다가, 늙어요.

모순이 폭발하면서, 이야기의 씨앗은 사방으로 퍼집니다.

이젠 늙고 지쳐서, 숨이 끊어지려고 하는데 이야기는 어디에서도 끊어지려고 하지 않습니다.

타워

다음에 오는 열차처럼
15분마다 엘리베이터 문이 열린다
그때마다 나타나는 상냥한 그녀는 시간의 문지기 같다
누구라도 그녀를 사랑할 수 있다
관광객들은 정확한 곳에 줄을 서 있었다
빨간 소화기는 20세기 골동품 같다
사람들은 수초에 감긴 인어처럼 이상하고 신비해진다
아직 오지 않은 시간이
온 듯
거대한 유리병 같은 빛의 타워에

외국인들이 많았다
걱정이 없어지는 과자를 먹으며
전생처럼 멀어지는 기분……
어디선가 경음악에 감싸여 제2외국어가 흘러나왔다

두 개의 바퀴

두 개의 바퀴를 쓰러뜨리지 않고 계속 굴리기 위해.
모든 도로는 거대한 검은 허파로 빨려 들어간다.
뜨거운 연기를 토하는 산이 보이는 도시에서 살고 있어.
몇백 년 동안.
혹은 자전거에서 우주선까지.
너에게 엽서 한 장을 띄우는 이유.
이쪽 빌딩에서 저쪽 빌딩으로 날아가는 새와 같지 않다.
자전거를 세워두고 편의점에 들어갔다. 생수와 담배와 콘돔을 샀다.
자전거 도둑이 없는 도시에서 살고 있어.
그까짓 자전거를 타고 네가 영원히 보이지 않을 때까지 도주할 순 없지.
너는 뭔가를 꼭 붙잡고 싶어 했다.
그러나 여기에 있는 것들.
빙빙 도는 두 개의 바퀴처럼.
한 개의 머리에 두 개의 귀가 존재하는 이유.

네가 기울어질 때 쏟아지지 않는 것들.

반대쪽으로 기울어질 때에도 쏟아지지 않는 것들.

검은 숲의 입구가 많이 존재하는 이유.

가을에 큰 홍수가 있을 거라는군.

별자리가 이동하고 있어.

겨울에 눈이 내리지 않을 거라는군. 괜찮지?

낮과 밤의 순서가 뒤집혀도 이틀만 지나면 너는 그 밤이 그 밤같이 곤하게 잠이 들고.

바닷물이 따뜻해지고 꿈이 미지근해진다.

너는 곧 잊혀질 거야.

공원의 취향

저녁 8시에는 구불구불한 오솔길과 벤치와 연못이 필요해. 커다란 나무를 옮겨 심듯이 동네마다 공원을 심어두었으니까. 시민들을 위한 섬처럼 느닷없이 할 일이 없어진다. 가장 헐렁한 옷을 입고 공원에 가자. "이렇게?"

그때 네가 킥킥거리며 보여준 것은 너를 벗긴 알몸이었다. 헐렁해? "아니." 어쩐지 약간 울적해졌다. 이런 기분은 저녁 8시의 공원을 어슬렁거리는 그림자들에게 잘 어울릴 거야. 그때 네가 비웃은 것 같았다. "마치 모든 것을 패션인 양 말하는구나."

중산층의 꿈에 50개의 포도송이처럼 다닥다닥 매달렸지. 포도는 한 알씩 한 알씩 떼서 먹는 거야. 껍질을 벗겨도/통째로 씹어도 좋고, 씨를 뱉어도/그냥 꿀꺽해도 좋지. 포도송이가 탐스러운 계절이구나. 으깨어 주스를 만든다면, 같은 시각 저녁 9시에 공원이 소유하는 연못의 눈빛과 닮았을 거야. 연못이 우리에게 권유하네. "내 무덤을 한 바퀴 빙 둘러보라." 나무 벤치도 있고, 노오란 야광 꽃도 무더기무더기 피어 있고, 돌로 만든 침묵의 왕 두꺼비도 있다.

물에 잠긴 불꽃처럼 벌건 물고기들이 느릿느릿 흘러 다녔다. 분위기와 움직이는 속도가 비슷했을 것이다. 그때 우리는 물고기의 기분으로 산책을 하고 있었다.

소

통째로 구운 소 한 마리는 작품 같았다
우리는 감상했다

우리는 월세를 내는 방에서
여덟 개의 계단을 내려왔거나
열두 개의 계단을 밟고 올라왔다, 이곳으로
그 밖에도 알 수 없는 길들이 모여들었을 것이다

우리는 방금 전까지도 모르는 사이였는데
어두운 뱃속에서부터 알던 사이 같다
어디서든 대중교통과 대중음악에 실려왔기 때문일 것이다
어두웠기 때문일 것이다
내가 보이지 않았기 때문일 것이다
거대한 소 한 마리가 해체되고 있기 때문일 것이다
빈 접시를 들고 있기 때문일 것이다

통째로 구운 소 한 마리는 오랫동안 같은 냄새를

풍겼다
  하늘에 초록빛 이끼가 끼어 있어서 빠져나가지 못
하고
  머무르는 곳
  누가 우리를 이곳에 초대했을까요? 조심스럽게
서로를 살피면

  우리는 옛날 사람 같았다
  가만히 느껴보면
  죽은 적이 있는 것 같았다

몇 번의 장례식

우리는 장례식장에서 몇 번 마주친 적이 있죠.
우리는 죽은 사람들을 통해 소개받았어요.
그런 것은 먼 거리일 거예요.
오늘은 우연히 영화관 앞에서 만났어요.
같은 어둠 속에서
당신은 조금 울었을까요?
희극배우의 트렁크에서 곰인형이 튀어나왔을 때
곰인형이 죽은 아이처럼 말했을 때

그런 목소리는 누구나 가지고 있었던 거예요.
어린 시절에 우리가 땅에 묻는 것은 보물이었어요.
10년 후
20년 후, 그런 시간으로부터 지키고 싶은 게 있었어요.
흙은 차갑고 딱딱했어요.
20년 후에도 신호등은 규칙적으로 색깔을 바꾸고
화살표를 바꾸고
먼 거리에서

당신을 보았어요.

작은 꽃가게 안으로 당신이 총총히 사라집니다.
당신은 꽃다발이 필요하고
오늘은 무슨 날일까?
잠깐, 궁금했어요.
안녕.

새의 존재

발의 높이가 다른 존재들
순간적으로 계단을 만들고
허물어뜨리는

수천 개의 발을 가진 듯
시시각각
다른 곳에서
새로운 음악이 시작되는 지점 같은

심장을 누르면 새들을 죽일 수 있다*
그것이 누구의 심장이든
심장까지의 거리는
사랑과 죽음을 혼동하는 연인들보다 가까워

누군가는 눈보라 속 무분별한 벌판을 건너가며 발
의 감각을 잃어버렸을 것이다
눈과 얼음의 땅이 푹 꺼질 때
눈을 꾸욱 누르고

얼음의 새파란 살결을 부수는
발처럼
새의 심장은

허공을 누르며 날아갔을 것이다

* 페터 회, 『스밀라의 눈에 대한 감각』.

젊은이를 위하여

대부분의 젊은이들이 죽기 전에 노인이 되네
노인이 되면 밤에 잠을 잘 수 있네
원하지 않는 것 속에 우리가 원하는 것이 있네
꿈속에서 기억하고 현실에서 망각하는구나
뒷모습을 기억하고 앞모습을 망각하는구나
원하는 것 속에 우리가 원하지 않는 것이 있네
나의 젊은이여, 우리를 원하지 않아도 용서하네
그리고 우리를 원해도 용서하네
나는 늙은 스승을 사랑했네
나는 제자를 사랑했네
나는 아기를 사랑했네
사랑하는 아기의 무른 가슴을 씻겼고 노인의 등을
씻겼네
다른 이야기처럼 다른 느낌이구나
이것은 다른 우주처럼 다른 시간이구나
어떤 젊은이는 죽기 전에 노인이 되지 않네
아름다운 젊은이여, 언젠가
여행지에서 하룻밤 머문 적이 있는 그 노파의 집

을 기억하지 않아도 좋네
쓰러져가던 집은 쓰러졌네

노인의 미래

"첫눈이 온다. 그치지 않는 눈이 될 것 같군."

"그치지 않는 눈은 없습니다, 선생님."

"정말 그럴까?"

"선생님, 저는 요즘 과학소설을 쓰고 있습니다."

"40년 후에도 이곳에 첫눈이 오는가?"

"그들은 신의 감긴 눈꺼풀 같은 지평선* 너머에서 살아갑니다."

"나의 동무여, 눈을 뜨게나. 시력이 남아 있을 때 나는 보고 싶다네."

"선생님, 사랑 때문입니까? 희망 때문입니까?"

“같은 구름에서 핏물처럼 폭우가 쏟아지고 사리처럼 우박이 떨어지네.”

“망원경에 눈을 대고 있으면 인간은 작아지고 작아지고…… 현미경에 눈을 대고 있으면 인간은 거대해집니다.”

“우리는 모두 다른 것을 보고 있네.”

* “보이는 것은 …… ‘신의 감은 눈꺼풀’이라고 불리는 그런 지평선뿐”(배수아, 『서울의 낮은 언덕들』).

도시가스공사의 메아리

공기처럼, 가스처럼 보이지 않는 것, 우리는 공기업입니다. 도시의 목욕물을 데우고, 시골의 목욕물을 데우고, 몸을 씻는 사람들을 한결같이 사랑합니다. 가만히 있어도 더러워진다는 것은 시간의 속성입니다. 깨끗해진다는 것은 좋은 일입니다. 시간을 거슬러 가면, 지우개가루 같은 때가 밀리고, 목욕물의 부유물들은 인간의 몸에서 떨어져 나와서 둥둥 떠다녔습니다.

잿빛, 잿빛입니다. 도시의 색, 쥐의 색, 인간의 색입니다. 가스밸브를 오픈하는 존재에게 열리는 가능성 중에서 죽음을 고르는 사람이 있어서 슬픕니다…… 동반자살은 최후의 휴머니즘이다. 내 사랑의 규모는 지극히 소박하고, 오늘밤 내 사랑의 온도는 더없이 뜨겁고, 그들은 모두 공처럼 웅크려 자고 있다. 낮게, 낮게, 낮게 코 고는 소리가 코에서 빠져나간다. 공기가 빠진 더러운 공.

굴러가지 않는 공은 공이 아니다. 연기가 나지 않는 파이프는 파이프가 아니다. 공기처럼, 가스처럼 보이지 않는 것, 그것이 중요합니다. 퍼져나가는 가스처럼, 퍼져나가는…… 목소리는 보이지 않습니다. 가장 멀리 퍼져나가는…… 목소리는 들리지 않습니다. 되돌아오지 못할 곳까지 갔습니다. 침묵에 가장 가까워질 때, 그것은 침묵입니다. 거기서 침묵하십시오. 거기에서 영원히 침묵하십시오. 거기까지 우리는 공기업입니다.

물방울 시계

흉기가 되도록 뾰족해졌다, 그러나 어떤 시간도 공기와 같아서 삼켜야 하는 것. 꺽꺽, 네가 시간을 뱉었을 때, 아무도 몰랐다, 그것은 전혀 다른 시간이었다. 무거워진 물방울이 떨어질 때, 함께 깨지고, 합쳐지고, 한 줄기처럼 흘러가자, 물방울의 형태로 매달릴 수 없는 무게와 물방울의 형태로 매달리지 않는 무게가 언제나 같은 것은 아니다. 너는 조금 일찍 떨어져도 돼, 어떤 새가 제 무게를 견디며 나뭇가지에 매달려 있겠니?

밤에, 나무에 깃드는 새와 아침에, 나무를 떠나는 새는 같은 새의 다른 가능성, 다른 꿈들. 어떤 시간은 새와 같아서 구부러진 발톱으로 붙잡고, 부리로 쪼고, 작은 몸통을 울리며 신기하고 아름다운 소리를 낸다, 아무것도 없고 망설임도 없는 것처럼 날아간다, 그때도 그랬지, 시끄럽고 끔찍한 소리를 낼 때도 우리는 귓속의 새소리를 이해하지 못했지. 새는 구멍으로 이루어진 짐승, 시간이 그런 가벼운 짐승

같아도, 물방울은 어둠 속으로 정확히 파고들어 시간을 끊으며 물방울 소리를 낸다, 그것은 참으로 끈질긴 노크 소리 같구나.

문을 열어줄 때까지, 죽을 때까지, 무엇을 계속하겠다는 건가, 시간의 방문 너머, 누가 앉아서 다 듣고 있는가, 중간에, 누가 아파서 누워 있는가, 바야흐로, 누가 인간의 시간을 떠나려 하는가. 몸이 죽기 전에 몸이 아플 것이며, 가벼워지기 전에 무거울 것이며, 온 세상이 침묵에 빠지기 전에 물방울 소리를 들을 것이니, 맑은 물, 뾰족한 물, 정확히 우주의 급소를 찌르는 물. 그 이후, 너는 시든 입술에 단 한 방울의 물도 축이길 원치 않을 것이다.

이름 모를 바닷가

흰 개가 뛰어놀고 검은 개가 뛰어논다
흰 개는 검은 개를 보면 더 희고
검은 개는 흰 개를 보면 더 검은 것 같다
흰 개가 짖고
검은 개가 짖는다
나는 흰 개를 가리키고
또 저것은 검은 개라고 가리킬 수 있다
그러나 흰 개 소리와 검은 개 소리를 분별해 들을 수 없다
더 이상 생각할 수 없다
밤새 생각하고
400킬로미터를 달리면서 핸들을 잡고 했던 생각을 더 이상 할 수 없다
어렸을 때…… 모래밭에서 발자국 놀이를 했는데
쓰고 지운다고 생각했었다
흰 개가 짖고
검은 개가 짖고
나는 도무지 내 것 같지 않은 비명을 질렀다

아담의 잠옷

그런 옷으로 발목을 덮고 따뜻한 물을 마실 때면 나는 행복한 남자라는 생각이 들곤 했습니다. 나는 보통 사람입니다.

여덟 시간 노동하고 여덟 시간 잠을 자는 생활을 하고 있습니다.

며칠 전에 그녀가 나를 떠났습니다. "왜?"라고 그녀에게 물었더니 나한테 물어보라고 했습니다. 마치 내가 두 사람이라는 듯이, 그래서 내가 나를 멀리 떼어놓듯이,

그렇지만 너무 놀라서 그게 뭐든 가까이 끌어당기듯이, 창가에는 그런 구도로 내가 서 있습니다. 그의 몸은 몸무게보다 가벼워 보입니다. 곧 날아갈 것 같아서 내가 그의 옷깃을 붙잡고 있는 꼴입니다.

같은 옷을 입은 나의 몸은 몸무게보다 무거웠습니다. 생각하고 생각했는데 꼬리를 문 뱀처럼 그녀가 원인입니다. 나는 그녀로부터 나온 결과입니다.

내가 모르는 모든 것을 합쳐서 그녀를 만들었나 봅니다. 여덟 시간 동안 노동을 할 때 나는 그녀가

무슨 짓을 하는지 모르고, 여덟 시간 동안 잠을 잘 때 나는 그녀가 무슨 짓을 꾸미는지 모릅니다.

그런 옷으로 발목을 덮고 갑자기 집을 뛰쳐나가 "살려주세요." "살려주세요." 여기에 없는 하나님을 찾고 여기에 잠든 이웃을 깨우는 여자가 정녕 내 여자 맞습니까? 여자는 나를 가리켜 짐승이라고 불렀습니다.

나는 어둠 속에 순한 짐승처럼 숨어 있었습니다. 온몸이 덜덜 떨려 어둠을 흔들곤 했습니다. 이럴 때면 그녀가 가져다주는 따뜻한 물 한 잔이 나를 세상 모르게 잠재우곤 했는데……

비록 내 곁에 그녀는 없지만, 그 따뜻한 물은 망각의 강물처럼 내 안에서 출렁입니다. 기억은 나의 포로입니다. 풀어주지 않을 겁니다.

잠이 들면서도 나는 그 끈을 꼭 잡고 있었습니다. 나는 기억의 포로입니다. 여덟 시간 동안 그 무엇이,

아이를 달래는 손처럼 내 꿈을 만지작거리고, 그 무엇이, 말 못하는 아이를 때리는 손바닥처럼 내 몸

을 철썩거립니까. 그 무엇을, 알아내려고 점점 조여오는 작자는 대체 그 정체가 뭐란 말입니까.

멱살이 잡혀서 새벽에 희번덕 눈이 떠졌는데, 이 씨발 새끼야, 멱살을 잡고 있었습니다.

잠의 방언

잠은 목소리를 잃어버려서 기침 소리가 없는 기침 같고,
바람 소리가 없는 바람 같고,
잠은 시력을 잃어버려서 보이지 않는 것을 보고, 다시 보는 것 같고,
검은 유리창처럼 창밖에서 나를 나누어 가지는 것 같고,
내가 나누어지고 나누어지는 것은 잠 속에서 잠을 자는 것 같고,
잠은 목격자가 실종된 사건 같고,
잠은 일방적으로 끊어버린 저편의 전화기 같고,
아직 수화기를 붙들고 있는 자가 허공에 대고 웅얼거리는 입술 같고,
잠은 의식을 잃어버려서 죽은 이의 침상에서 죽은 이를 일으켜 앉혀 나누는 다이얼로그 같고,
잠은 비밀번호를 잃어버려서 잘못 조합된 숫자들 같고,
다시 리셋 버튼을 누르는 누군가의 손가락에 뼈가

없는 것 같고, 그것은 안개의 뼈 같고,

철문 밖에서 기다리고 기다리다 지친 것 같고, 지쳐서 잠드는 것 같고,

샹들리에

진실을 말하지 않을 수 없다. 가장 유명한 고급 음식점에서
식사를 하는 사람들이 보여주는 장면은 음산하다.
—파스칼 키냐르, 『은밀한 생』

이 식당의 음식이 훌륭하여 배가 고프고
다시 배가 고프길!
고개를 살짝 숙인 신사숙녀 여러분, 지금까지 기다려온 음식에 완전히 압도당하길!
아아, 돈이 아깝지 않아서 돈을 잊어버리고
시간이 아깝지 않아서 시간을 잊어버릴 때
건망증은 부자들의 질병입니다
또한 천국의 질병입니다
그러므로 잠시 후면 왜 이곳에 왔는지도 잊어버리게 됩니다
지상의 모든 자질구레한 약속을 다 잊어도 좋으면
시간이 멈춘 듯
이곳은 19세기 사진 속 같습니다
천국처럼
핥고,
섞고, 으깨고, 꿀꺽 어둠 속으로 넘기는…… 우리

가 더 가까워지기 위해서

침대보다 더 황홀한 식탁이 조명 아래에 놓여 있습니다

말을 잊었으니 행복은 어린아이의 것에 더 가까워졌습니다

그러므로 신사숙녀 여러분이 언제까지나 그렇게 우아하다면

아, 이 또한 얼마나 놀라운지!

소리의 악마

그것이 유리창이라면 끌로 바깥세계를 긁는 것, 사람들이…… 생각하는 사람들이…… 지나간다. 그것이 쥐를 문 고양이라면 꼬리에 불이 붙은 것, 뜨거운 꼬리로부터 시작되는

그것이 너의 목구멍을 타고 올라온다. 목은 죽음의 화환을 걸기에 적합한 형상, 목구멍은 늘 죽음의 근처를 떠돌았다. 그러므로 목을 통로로 삼는다는 것, 그것은 여러 번 죽고 여러 번 살아나는 것, 너는 너에게 놀라고

나는 나에게 놀라고, 그것이 거울이라면 깨지는 것, 깨진 거울이라면 다시 깨지는 것, 너는 네가 아니다.

나는 내가 아니다. 그것은 부정하는 것, 부정하고 부정하는 것, 스스로 멈출 줄 모르는 기계, 사람들이…… 생각하는 사람들이…… 지나가고 지나가지 않는다.

저 사람

그 해변에는 저 사람이라고 손을 들어 가리킬 수 있을 정도로 한 사람, 한 사람, 한 사람이 서로 떨어져 있었다(저 사람과 **저 사람**은 동일인으로 모아지기도 하고, 한 번도 스친 적이 없는 낯선 사람으로 흩어지기도 한다. 두 번, 세 번, 열세 번을 스쳤어도 기억할 수 없다, 그러므로 **저 사람**과 **저 사람**이 한 번도 스친 적이 없다는 사실을 누구도 확신할 수 없다, 고 나는 다시 생각했던 것 같다. 나는 갈매기를 빌려 모래밭에 앉았다가 공중으로 떠오르는 그 짓을 되풀이, 했던 것 같다. 나에게 해변은…… 해변은 어린 시절을 떠올리게 하고 처음에는 기쁨으로 그다음에는 슬픔으로 그다음에는 외로움으로 이끌며 멀어지는 시간의 곡선이다. 외로움이 **저 사람**의 형상을 잠시 빌렸구나, 나는 그런 생각을 했던 것 같다. **저 사람** 때문이라고, 이 모든 게 **저 사람** 때문이라고, 누군가 손을 들어 가리킨 곳에서 나는 발각되는가. 그곳에서 나는 어두워지는가.**).**

철길

그 길은 8월 7일 오후 2시경에 가장 뜨거웠다. 방금 열차가 지나갔다. 그때마다 철은 단련된다.

철길을 보며, 사람들은 여러 가지 생각에 잠길 수 있다. 철길이 되기 이전에 철은 끓고 있었고, 그때는, 죽은 자를 위한 음식을 담는 그릇이 될 수도 있었다. 가능성의 차원에서 유유히 흐르던 시간은 어디에서 멈췄을까. 그때, 철의 미래는 교향곡에 담겨서 또는 종소리에 실려서 세상을 향해 울려 퍼질 수 있었지만, 철은 철길이 되었다. 철길을 보며, 누군가는 가지 않은 길에 대하여 하염없이 생각할 것이다. 그것은 대체 몇 개의 인생일까. 어두컴컴한 우주에서 나는 몇 번을 죽었다 태어나는 걸까. 태어난 나는 죽은 나를 다시는 알아보지 못하는가. 누가 누구를,

누가 누구를 업고 있는가. 철길을 보며, 다른 누군가는 차가운 시간과 뜨거운 심장이 동시에 멎는 자살을 꿈꾼다. 방금 열차가 지나갔다. 누군가는 그

래도 멈추지 않는 시간에 대해 생각해야만 했을 것이다.

차이와 동일성

너의 손목은 술병 근처에서 손을 펼친다. 식탁 위에 동그랗게 빛이 모아져 있었다.

언젠가 나는 크게 화를 낸 적이 있다. 누구에게? 혼자 잠을 깬 너에게? 혼자 잠을 잔 나에게?

가끔 나는 나의 감정으로부터 분리되는 것 같다. 나는 나의 기쁨의 솜털을 모르며.

나는 나의 고통의 소용돌이를 모르며. 나는 나의 사랑의 부리로 쪼아대는 검은 바위를 모르며.

모르는 사람의 어깨에 기대어 졸다가…… 졸다가…… 깬 것처럼 어쩔 줄 모르는 순간이 찾아왔던 것이다. 기차를 타고 있었다면 백 킬로미터, 비행기를 타고 있었다면 천 킬로미터쯤 옮겨갔을 것이다.

산의 허벅지를 뚫고 갔으며, 구름의 깊은 복부를 찢으며 날아갔을 것이다. 비행기가 조금 흔들렸을 뿐이다. 그뿐만 아니라 안내방송이 정중한 문어체로 흘러나왔다.

누가 비명을 지를 것인가.

메아리처럼 돌아오는 것들이 잠옷을 입고 있다.

침대에서 조용히 사라진 너의 손목이 술병 근처에 나타난다. 술병이 너의 푸른 손목 근처에서 도드라진다.

너의 주변에서 쉽게 발견할 수 있는 것들이란 그런 것. 술병, 비 내리는 창문, 오전 두 시의 슬리퍼와 오후 두 시의 슬리퍼, 안경, 손톱깎이……

너는 또 발을 쥐고 웅크리고 있다. 톡, 톡, 손톱깎이가 내는 소리에 중독된 너는 세상에서 가장 짧은 손톱과 발톱을 가진다. 너는 안경을 벗었다, 썼다, 벗었다. 네가 또 안경을 쓸 때.

또 안경을 벗을 때. 너는 변하는 것에 중독됐는가. 변하지 않는 것에 중독됐는가. 너의 죽음은 언제부터 네 주변을 어슬렁거렸는가.

이사

피아노가 허공으로 떠오릅니다. 빗방울은 언제나 더 높은 곳에서 떨어졌습니다.

우리는 단지 전셋집을 옮겨가는 중입니다. 피아노와 함께하는 삶에는 어린 시절부터 어려움이 좀 있었습니다. 죽을 뻔한 일도 있었습니다만, 생각해보면 어디선가 킄킄킄 웃음이 삐져나옵니다. 피아노와 함께 지하의 계단으로 내려가는 아저씨들이 뒤뚱거렸습니다.

내가 피아노의 건반을 처음 눌렀을 때 손가락은 여섯 살 아이의 것이었습니다. 어린아이의 손가락은 뼈가 없을 것 같나요?

손가락을 하루 종일 빨아도 딱딱한 것이 남아 있었습니다. 손은 해마다 커졌습니다. 1년, 2년…… 그런 시간들은 어디서부터 숫자를 더해가는 걸까요?

내 손을 보세요. 이제 검은 보자기처럼 두 손을 펼치면 세상으로부터 당신의 얼굴 하나쯤 완전히 감출 수도 있습니다.

엄마는 매일 하얀 쌀을 한 줌씩 모아서라도 피아

노를 가지고 싶었다고 말했습니다. 그것은 마치 옛 연인에게 하는 고백처럼 들렸습니다.

네가 아기였을 때 너는 땀을 뻘뻘 흘리며 잤지. 너는 꿈속을 열심히 기어다니고 있는 것 같았다. 그래서 나는 어느 날은 걱정을 하고 또 하고 어느 날은 걱정을 잊어버렸지.

네가 아기였을 때 한번은……

엄마, 제발 그런 이야긴 그만해요. 내가 피아노 뚜껑을 열지 않은 지는 1년, 2년…… 그런 시간들이 더해져서 30년이 되었습니다. 가끔 꿈속에서 피아노 뚜껑이 열릴 때 누군가 내 뚱뚱한 손가락을 빌려갑니다.

손가락을 돌려받지 못한다면 나는 영영 꿈속을 헤매게 될 거예요. 그것은, 그것은, 음악적인 삶이 아니에요.

타일의 규칙

고딕체 같다.
고딕이란 무엇입니까.

돈을 빌리면서
당신이 쓴 각서에서
죽어도 좋다고 했고, 한 번 더 죽어도 좋다고 했다.

똑같은 말을 한 번 더, 한 번 더…… 하면서
발가벗은 채
변기에 앉아 있다.

타일과
타일과 타일과
타일과 타일과 타일과
타일과 타일과 타일과 타일과
똑같은 리듬으로 읊조리면 머지않아 잠에, 잠에…… 빠져들어 알 수 없는 사람이 될 것 같다.

언뜻
목이 조금 길어지는 것 같았다.
좁은 목구멍에 그 무엇이 꽉 끼어 있는 것 같다.

K

내가 멈춰 서서
내가 달려가는 걸 보고 있어.
사람을 잘못 보았다고 말해봤자 나는 저 멀리 달려가고 있어. 난 늦었단 말이야. '늦다'는 것이 뭔 뜻인지 아니? 거꾸로 말하면 '빠르다'는…… 건데.
그래, 나는 10분쯤 회사에 지각을 하는 모양이로군.
그 10분에 대하여
우주에 흩어진 시간에 대하여
그날, 하필이면 회의실에서, 멈추지 못한 웃음에 대하여……
나는 나의 생각을 훌륭하게 변론해야지.
아이디어가 떠오를 때마다
나는 폭발할 것 같다.
나는 침울한 사람이 아니지.
카프카가 멈춰 서서
카프카가 달려가는 걸 보고 있어.
모두가 한 사람처럼 멈춰 서서
모두가 한 사람처럼 달려가는 걸 보고 있어.

1분, 1초 전에도 이런 일은 일어나지 않았어.
그러니까 오늘은 누구라도 해고를 당하기에 좋은 날이군.
하하하 핫, 누구나 알고 있다는 듯이
내가 멈춰 서서
내가 돌아오지 않는 곳을 이틀째 지키고 있어.

청년의 희망

“오늘도 오리는 꽥꽥, 거리지 않는구나.” 신도시의 호숫가를 두 바퀴째 돌고 있던 젊은이가 또 감탄하였다. 이른 아침. 주민들 중 절반 이상은 아직 깊은 잠에 빠져 있을 시간. 20분 후, 30분 후, 1시간 후면 헉, 늦었네, 그러면서 세상을 깨울 듯이 일어날 사람들이 태반일 텐데…… 세상은 한 번도 잠든 적이 없었다. 그런고로 세상을 깨울 순 없는데, 늦었어! 늦었어! 야단치는 사람들. 그러거나 말거나 3시간 후, 4시간 후, 12시간 후에도 일어날까, 말까, 천하태평인 사람들은 얼마나 행복할까? 그들의 귀에 영영 일어나지 않아도 좋다고 속삭여주자.

“오리한테서 침묵을 배웠어요.” 그렇게 말하는 젊은이, 자넨 어딘가 좀 이상하군. 말이 통하지 않는 곳, 그곳에서 더 걸어가면 두번째 인생이 시작된다네. “전 취직도 못 했는걸요. 아직 아무것도 시작하지 않았다, 는 것이 저에 대한 사람들의 일반적인 평가입니다. 아무것도 시작하지 않겠다, 고 항의했다가, 네 마음대로 해, 라는 말을 듣고서, 내 마음 따윈 어디에도 없는 게 아닌가, 깜짝 놀라서 두리번거리다가, 그런다고 마음이 보일 리 있겠냐구요, 분실물을 찾듯이 마음을 찾는 짓은 유치원생도 하지 않을 시늉일 텐데…… 차라리 오리한테서 침묵이나 배워야겠다, 그렇게 생각하며 호숫가를 두 바퀴째 돌고 있는데……"

그리고 호숫가를 세 바퀴째 도는 중…… 젊은이의 배에서 꼬르륵 소리가 났다. 바로 이 순간, 돌고 도는 지구도 함께 꼬르륵 소리를 냈다고 이 젊은이가 우긴다면, 그것은 온 세상이 합창을 한다고 상상하는 유치원생한테서 배울 게 있다는 걸까. 이봐, 젊은이, 어린 시절의 우화가 남아 있군. 어린 시절 누구나 좋아했던 수수께끼 책에서 처음 알았지. 아침에는 네 발로, 점심에는 두 발로, 저녁에는 세 발로, 걸어다니는 동물은? "그러나 나는 아침에 일어나면 제일 먼저 양치질을 합니다. 양치질을 하는 동물은 거울을 보면서, 어떤 날은 아무것도 보지 못하고, 어떤 날은 칫솔만은 뺏기지 않겠다는 듯이 전력을 다해 칫솔을 물고서 침묵하는 저 청년을 향해…… 취업은 네가 품은 오리알이냐, 뚱뚱한 거위냐, ……총을 쏘는 포즈를 취하여 질의했습니다. 그것은 네 발의 희망인가, 두 발의 공포인가, 세 발의 슬픔인가, 그것은 어른들의 수수께끼처럼."

밤의 고속도로

바퀴 달린 것들이 소리를 지를 때
창문을 흔들며
무엇을 운반하는가

고속도로는 검은 채찍 같다
채찍 속으로 말려들어가는 빛, 빛,
빛의 그림자들처럼
세계의 난간이 나타났다, 사라졌다

누군가 난간처럼 서 있었다
그것은 사람이 아니었을지도 모른다

좁은 문

네 개의 바퀴가 동시에 멈춘 곳에서. 주차장에서 내 차를 찾고 있는 중이다.

두 시간 전에 그곳에서. 고요해진 차 안에서 나는 문을 열면서 가장 좁고 가장 개인적인 공간을 떠나는 중이라고 생각하였다. 그리고 두 시간 후에 나는 돌아오는 중인 것이다.

지하 6층은 얼마나 깊은 곳인가. 거대한 짐승의 내장이라면 그 깊이에서 사슴도 토끼도 뱀도 가을날의 풀밭도 불안의 끝자락도 이 세계의 마지막처럼 한꺼번에 녹아버렸을 텐데.

구해달라고 소리치면 메아리는 메아리와 메아리를 데리고 내게 돌아올 것이다. 나는 무엇을 구해야 하나. 내 차는 지하 5층에 주차되어 있을 것만 같다. 나는 무엇을 믿어야 하나.

이 건물이 아닐 것만 같다. 네 개의 바퀴처럼 비슷비슷한 것들. 나의 것과 너의 것. 나의 사랑과 너의 사랑도.

나는 꿈속에서 차를 몰고 나왔을 것이다. 무서운

속도로. 너를 잃어버리는 속도로.

나는 언제나 무엇을 믿어야 할지 몰랐지만 나도 모르게 뭔가를 믿고 있었던 것이다. 사소했을 것이다. 자동차와 자동차의 주차 위치나 간격처럼. 거울들의 각도처럼.

너에게만 보이는 것이 있었을 것이다. 내 거울에는 절대 보이지 않는 것이 있었을 것이다.

나는 바라보았다. 거대한 지하주차장의 수많은 자동차들을. 자기 차를 찾은 사람들은 오늘도 좁은 길을 잘 빠져나갈 것이라고 믿어 의심치 않는다. 나는 그것을 조심스러운 속도라고 생각하지 않는다.

비누의 맛

비누거품 속에서 버둥거린 적이 있을 것이다. 당신은. (이를테면 어느 온천이 관절염이나 피부염에 좋다는 소문이 퍼져나가듯이. 만약 어느 대중목욕탕의 샤워기가 망각기계라고 한다면, 이 전설적인 기계의 물방울 아래서 깊숙이 고개 숙이고 묵묵히 머리 감는 사람들은 어떠한 공통적인 증상을 가졌을까. 샤워기 밑에 일렬로 늘어서 있는 알몸의 인간들을 종교적인 수증기가 감싸고 있는 듯하다. 이번엔 정신을 똑바로 차리고 정치적으로 알몸이 되라는 명령을 받았다고 가정해보자. 비밀을 없애는 방법을 누가 먼저 찾아낼까. 고문의 형식으로? 몽상의 형식으로? 죽음의 형식으로? 당신은 어딘가 잘못되었다. 왜 당신은 아무 일도 일어나지 않는 공상 속에서만 아침의 새처럼 지저귀는가. 제기랄, 진지함을 모르는 새들은 금세 날아가버렸잖는가. 그렇게 묻는다면, 나도 묻겠다. 개인이란 무엇인가. 개인의 영혼이란 무엇인가. 제기랄, 비밀은 언제까지 처음 듣는 이름을 창작할 수 있단 말인가.) **갑자기 비누거품이 눈에 들어갔고 그러자 눈이 불을 켜듯이 빨개졌다는 것. 또는 비누**

의 맛이 느껴졌다는 것. 그런 것들을 결과라고 할 수 있을까.

그것이 죽은 사람한테는 일어나지 않는 일이라면.

실종자

사이드미러 같은 곳
그날, 회색 모서리마다 손에 쥔 심장이 빗물처럼
흘러내렸다
이것은 그래서 생긴 얼룩일까?
너는 거의 벽이 되어 서 있다
너는 등 뒤의 세계에 더 밀착하였다
식당 문은 너를 지나쳐 오른쪽에 있고
사무실 문은 너를 지나쳐 왼쪽에 있다
더 왼쪽에서 걸어와서 사무실 문을 열고 들어가
밤늦게까지 불을 켜두었다
너의 하루처럼
복사기는 환해졌다 어두워졌다를 반복했다
우리는 같은 콘텐츠를 가질 수 있다
퇴근길에는 검은 우산을 쓰고 어디론가로……
다 가고 있는 것일까?
어디서부터 어디까지 우리는 같이 걸었을까?

커튼이 없는 집

부인이 없었다. 장롱에 부인의 겨울 옷가지들이 있었다. 대신에, 라고 말할 수 있을까.

존재이유는 부재이유의 저 창문처럼 눈이 내리는 풍경이 대신한다. 저것들은 하얗구나.

"참 하얗구나."

사람이 사라지면 그 사람과 가장 가까웠던 물건들이 싱싱하게 살아나는 것 같다.

부인이 평소에 하던 대로 검은 코트는 목을 조르듯이 단추를 채운다.

어린 아들에게 여자들에 관한 상상을 금지했다.

이 집에 더 이상, 비밀은 없다고 아버지가 외쳤다.

지팡이와 우산

천사도 악마처럼 들러붙었다
천사도 악마처럼 핏속에 녹았다
천사도 악마처럼 피가 끓는 걸 느꼈다

천사도 악마와 같은 꿈을 꾸었다
백발의 노파가 서 있을 때, 같이 서 있는 검은 지팡이처럼
돕는다는 것
쓰러질 때까지 지팡이로 마구 패고 싶다는 것
악마도 천사처럼 날아다녔다

그가 서 있을 때, 긴 우산이 함께 서 있었다
마치 그는 1970년대 앳된 젊은이처럼 보인다
(펼쳐야 할 때가 되면 결국엔 날개가 찢어졌다는 것을 알게 되는데) 너는,
지금 당장 알아야 하겠니?
지금은 모르는 게 낫겠니?
천사도 악마처럼 위험해질 때

덫을 놓을 때

우산을 쓰듯이 글을 썼다
시력을 잃고 청력을 잃고 정신을 잃은 노파가 될 때까지
찢어진 우산 밑에서 더듬더듬 글을 쓴다
앞이 잘 보이지 않아

눈보라 속에서 천사도 악마처럼 난폭하게 그를 사랑했다

두 사람

창밖에는 다친 새처럼 모자가 날아다녔다

창밖에는…… 똑같은 사람이 없었다

한 사람이 한 사람이라는 것이 신기했다

모자를 쓰지 않은 사람이 모자를 쓰지 않은 사람이라는 것이 신기했다

낮에는 한 사람을 생각하고 한 사람을 생각했다, 밤에는 꿈을 꾸었다

아침에는 외국어를 쓰듯이 모자를 썼다

모자에서 어느 별의 모서리처럼 금빛 흙먼지가 떨어졌다

섹스 센스

당신과 당신의 유령이 함께
어른거린다
왔군요, 이곳은 내가 있어야 할 곳

여섯번째 감각처럼
나는 더 아래에 있거나
더 위에 있다, 이곳은? 이곳은?

파악하고 싶어요
전부 알고 싶어요
더 아래로 떨어질까요?
내가 더 위로 기어 올라갈까요?

좋은 말

분노를 파란 가스 불꽃처럼 조절할 수 있다면…… 환자를 위해 죽을 끓일 수도 있고 마녀를 위해 기름 가마를 활활 태울 수도 있을 텐데. 화가 날 때 화내지 않고 화가 나지 않을 때 화를 냈다면…… 좋은 사람이 되었을 텐데. 좋은 사람이 되고 싶다.

좋은 사람은 네가 좋아하는 사람이다. 네가 좋아하는 사람은 좋은 사람이다. 그러므로 나는 좋은 사람이 되고 싶다.

마사지에서 살인까지의 거리를 나눌 수 있다면…… 내가 만지고 있는 것은? 아직 따뜻한가?

슬픔을 누를 수 있다면…… 심장이 납작해질 텐데. 슬픔을 누르고 너에게 좋은 말을 하고 싶다. 좋은 말은 네가 좋아하는 말이다. 네가 좋아하는 말은 좋은 말이다. 그러므로 나는 좋은 말을 하고 싶다. 나는 네 기분도 좋아지고 너의 좆도 좋아하는 말을

하고 싶구나. 기쁨을 누를 수 있다면…… 심장이 터
질 텐데.

2박3일

상상해봐. 돈으로 살 수 있는 것 중에서 사랑으로 살 수 없는 것만! 오랫동안 상상만 한 겨울 바다야. 사진처럼 물방울이 허공에서 얼어붙는 추운 날씨야.

그런데 걜 혼자 두고 온 게 맘에 걸려. 이곳은 좋은 곳. 우리는 쉽게 부서지는 파도 끝에서 장난을 친다. 물에 빠지고 싶지 않고, 풍덩 물에 빠지고 싶어. 어느 쪽도 좋구나. 좋지 않니? 이곳에서는.

하얀 이빨처럼 보이는 게 좋다. 잡아먹을 듯 으르렁거리는 게 좋다. 이빨이 부서지는 게 좋다. 히히, 잡아먹을 테면 잡아먹어봐라, 도망칠 수 있는 게 좋다. 이곳엔 좋은 일뿐이구나. 나는 진짜 좋은 아빠 같구나. 나는 진짜 좋은 엄마 같구나.

바다 한가운데 우리 집이 있다. 잠잘 때도 보트에서 물 푸는 기분으로 반쯤 깨어 있어라. 무엇이 바다처럼 넓겠어요? 무엇이 바다처럼 깊겠어요? 오늘은 다른 기분을 돈 주고 산 거예요. 숙박비와 교통비와 수족관에서 건져 올린 물고기 값을 다 합친 것보다 비싼 거예요. 우리 거예요. 나는 모래 같은 파도 끝을 만져봤어요. 나는 아는데 아빠는 모르는 것. 아빠는 아는데 엄마는 모르는 것. 엄마는 아는데 나는 모르는 것. 우리 모두 빙빙 도는 기분이 좋아요.

갤 혼자 두고 왔어요. 없는 사람처럼 생각하면 없어지는 마술, 불끈 그런 힘이 생겼어요! 금요일 저녁부터 일요일 밤까지. 어제부터 내일까지. 아직 해가 뜨지 않은 날까지. 아직 해가 지지 않은 날까지 이곳에서.

트럭 같은 사랑

미안하지만, 이 길도 아닌 것 같군. 이삿짐을 싣고 길을 잃어버리다니! 오, 이 아가씨 인생도 아닌 것 같군.

트럭은 뒤꽁무니에 짐을 싣고 달린다. 아가씨의 인생, 아가씨의 짐을……

트럭 한 대면 충분한 짐이죠. 내게는 2월의 꽃봉오리처럼 조심스럽게 열리는 서랍이 하나 있어요. 그리고 난 언제나 꽃에 감동하는 인간이에요.

왜 조심하는 거요? 무엇을 조심하는 거요? 물어봅시다. 미안하지만, 이 길도 아닌 것 같다는군. 유목민의 천막처럼 잠시, 트럭을 세웁시다.

풀빵 장사라도 하자는 건가요? 아, 따뜻한 거라면 뭐라도 좋으니 먹고 싶어질 때가 있어요. 겨울은 가짜 연인들을 만들어내죠. 그러나 서랍 속 나의 연인은 겨울 외투를 걸치지 않아요. 바깥출입을 하지 않아요. 부치지 않은 편지는 누구도 거절하지 않아요.

아가씨, 추억의 서랍이라면 웃을 때, 저쪽 구석에서 늙은이의 누런 금니가 슬며시 반짝이나? 붉은 잇

몸이 없대도 그건 믿어도 좋을 것 같군. 다시 뺄 수도 있으니까. 돈으로 바꿀 수도 있으니까, 딱딱딱 이빨 부딪치는 소리도 낼 수 있으니까.

당신, 씩 웃을 때 보니까 깨끗하고 튼튼한 치아를 가졌군요. 이는 오복(五福) 중의 하나라고 하잖아요.

내 이빨을 몽땅 뽑아서 다른 복으로 바꿀 수만 있다면! 그건 좋겠군. 행운의 증표로 이빨을 보이는 건 너무 야만적이지 않나? 다른 인생을 부러워하지 않는 인생도 있나?

우리, 온 길로 되돌아가보는 것은 어때요? 눈을 감으면, 실을 감듯이 다 기억할 수 있을까요?

당신의 기억과 나의 기억을 합치면, 어떤 트럭도 빠져나갈 수 없는 미로를 만들겠지. 어쩌다 진창에 빠지면, 헤이, 아가씨, 우리 함께 머리를 맞대고 빠져나갈 방법을 궁리해봅시다.

허공의 성

그것은
생각에 잠긴 사람의 아래턱 같은 그림자다
저녁의 허공에
검은 이끼가 끼고
별이 돋아나고

벽돌이 쌓이고
그것은 오늘도 하고 내일도 할 일이다

어둠 속에서
어떻게 내 입술이 다른 입술을 찾았고
또 잃어버렸는지를
한참
생각하면

무엇인가를 찾는 이야기와 무엇인가를 잃어버리는 이야기가
같은 이야기라면

저녁에 찾는 사람과 아침에 잃어버리는 사람이
같은 사람이라면
그것은

어딘가, 어딘가에는

이 세상의 모든 생년월일은 지나갔다. 그러나 밤하늘을 올려다보면 어딘가에 시간이 고여 있을 것 같다. 아직 손가락을 펴지 않은 태아처럼.

주민등록번호보다 긴 숫자, 그런 암호, 그런 긴 꼬리가 휘어지며 내 왼쪽 어깨를 가볍게 건드렸다. 이 감촉은? 밤의 공중을 지나가는 누군가의 소원 같은 것이었을까. 왼쪽이여, 텅 빈 왼쪽이여, 텅 빈 오른쪽이여,

나는 지상에서 두리번거렸던 것이다. 어딘가에는 곧 출발할 갈색 말이 매어져 있을 것이다. 곧 출발할 기차, 곧 출발할 비행기가 속해 있는 세계에서 흔들리는 것과 흔들리지 않는 것이 있을 것이다.

흔들리지 않는 것처럼 보이는 것이 있을 것이다. 보이는 것 너머에 보이지 않는 것이 보이지 않을 것이다. 그러나! 누군가는 폭군처럼 솟구쳐 시간의 차

원을 뒤엎고 한 자락 그림자도 없이 침입하는 것이다. 신이 찾아와 빛으로 내 영혼을 무찌른 날이 그러했노라고 그는 말했다. 그날 눈이 멀었다고 그는 말했다. 꿈속에서 일어나는 일처럼 무슨 일이 벌어질지 아무도 모른다.

미래를 점치기 위해 가장 검은 하늘을 올려다본 사람들은 모두 그럴듯한 이야기꾼일 뿐이라고 그는 말했다. 그러나 나는 밤하늘을 올려다보며 그런 이야기를 꾸며보는 것이다.

어느 머리카락 광대의 회상

내게 삶의 회상이란 시간의 강물 같은 긴 머리카락을 거슬러 올라가는 일이다. 그런 나에게 멀미는 없다. 머리카락이 자라는 속도로 말하면 누구도 알아들을 수 없는 말이 될 것이다. 그런데 뭣 때문에 머리카락을 무서워하느냐. 머리카락은 손발처럼 기어 다니며 일하지 않아서, 눈동자처럼 고통으로부터 눈감지 않아서, 심장처럼 피와 연관되지 않아서, 생각하지 않아서, 뛰어다니지 않아서, 배고프지 않아서, 희망을 가지지 않아서, 내가 가진 것 중에 가장 아름답다. 나는 아름다운 것이 스스로 자라도록 하고 스스로 물결치게 한다. 어머니, 어머니, 머리를 빗겨주세요. 어머니를 생각하면 마음이 약해졌고 아가, 아가, 가위를 절렁거리며 아무 때나 침대로 파고 들어오는 어머니 때문에 꿈의 미로에서도 미로를 찾고 땅굴을 팠다. 어머니는 종종 내 아들을 잃어버렸다고 말했다. 젊은 날의 몇 년을 나는 작은 인쇄소에서 일했다. 활자들이 검은 쌀처럼 보이는 꿈을 꾸면 허겁지겁 집어 먹었고 벌레로 변하면 눌러 죽이

곤 했다. 흠씬 땀을 흘렸지만 그렇게 어려운 일도 아니었는데 카프카라는 작자의 책이 문제가 되어 나는 일자리를 잃었다. 머리카락 한 올이 적국의 지도처럼 인쇄되어 나왔기 때문이다. 독자들은 머리카락을 세상에서 제일 기분 나빠하는 법이라고 사장은 말했다. 이것이 누구의 머리카락일까. 기분 나쁘게 내 머리카락을 그 통통한 손가락에 칭칭 붕대처럼 감으면서 말했던 것이다. 세상의 모든 머리카락을 대표해야 한다면 나는 기꺼이 사람들 앞으로 끌려나갈 수 있다. 전설적인 장발의 남자라면 의당 머리카락 때문에 죽을 수 있는 법이다. 그런 남자들은 다 죽은 것 같지만 카프카가 살아 있다면…… 언제나 그랬듯이 나의 이야기를 쓸 것이다. 음식을 먹지 않음으로써 단식 광대가 되고* 머리카락을 자르지 않음으로써 머리카락 광대가 되어간다는 사실을 기억나지 않는 깊은 꿈처럼 여긴다면 내게도 친구가 있었다고 할 수 있다. 식욕의 부재를 의심하고 시험하고 박해하다가 망각해버린 자들 때문에 단식 광대가 때때로 괴로워했다는 것은 잘 알려진 사실이다. 잘 알려지지 않은 사실은 단식 광대에게 구경꾼들의 영향이 덧없었다는 것이다. 나는 그런 친구에게 편지를 쓸 작정이다. 내 꿈에 대해서도 말해줄 생각이다. 밤이면 내 머리카락을 포근한 이불처럼 맛볼 줄 아는 여자를 마침내 만났네. 이불빨래를 하듯이 욕조에 한가득 머리카락을 풀어놓고 키득거리며 우리는 사랑의 유희에 빠져들곤 했지. 나의 오래된 신혼집이 꿈의 집세를 낸다고 해서 비웃지 말게. 어떤 사랑도 꿈에서 깨지 않는 사랑은 없지 않은가. 다시 찾아오는 꿈이라면 결혼하겠네. 그럼 다시 편지하겠네.** 호기심 가득한 손님이 찾아왔으니 개인적인 편지 같은 건 재빨리 치워야 하겠지. 손님은 재단사처럼 줄자를 들고 정기적으로 나를 방문한다. 그는 머리카락의 길이를 마치 장대높이처럼 다룬다. 그날의 기분에 따라 인생은 길다는 코멘트를 덧붙이기도 하고 또 어느 날은 너무 짧다고 탄식하는 것이다. "이 사람을 보라"고 외치며 나를 밖으로 끌고 나온 자는 다음 순서를 잊어버린 것 같다.

* 카프카, 『어느 단식 광대』, 1924.

** 친구는 나의 편지를 언젠가 기억해내게 된다. 내 고백을 왜 자신의 회고록에 끼워 넣으려고 했는지는 알 수 없다. 기억은 혼돈의 숲에서 자라는 법이니, 그의 기억이 비록 부정확하더라도 내가 상관할 수 있는 일이 아니다. 어쨌든 친구가 애정을 가지고 나를 기억했던 부분은 다음과 같다. "마침내 나의 옛 친구는 머리카락을 이불처럼 포근하게 여기는 여자를 만났고 그리고 결혼했지. 이불 빨래를 하듯이 그의 머리카락을 감겨준다지. 그의 머리카락 묘기는 유명해졌지. 나는 타인의 인생에 관해서라면 유머러스하게 받아들인다네. 그러나 내 선택들 앞에서는 어려워. 언제 행복과 불행이 나뭇가지처럼 갈라지는지? 내가 망설이는 동안, 검은 머리카락은 모두 빠지고 흰 머리카락이 귀를 덮기 시작했네. 내 근황을 전하자면, 오후의 빛은 지나간 일들을 비추는 데 전부 쓰이고 있네"(K, 「선택들」, 2011).

2부

공감각의 시간

시간이 빙점을 통과하는 순간인지 모른다
맨살에 시간의 얼음 알갱이가 스쳐서 섬뜩해진 순간인지 모른다
무엇에 닿았는지 모른다
그것이 무엇인지 모른다
서해 갯벌에 놀러 온 사람들을 공통분모처럼 순간 정지시킨 시간의 시각(時角)을 모른다
그것이 유일한 피서의 순간인지 모른다
계절에서 멀고 1초에서 멀어진 순간인지 모른다
엉거주춤한 것이 엉덩이인지 영혼인지 모른다
허공을 파다가 파인 허공에 붙잡힌 순간인지 모른다
개흙을 파다가 개흙 속에서 붙잡힌 손이 누구의 것인지 모른다
누가 누구의 손을 놓아주지 않았는지 모른다

파닥이는 먹이를 물고 공중을 선회하는 갈매기는 갈매기를 모른다

천사에게

천국에 의자가 있다는 이야기를 들었다. 오른쪽과 왼쪽이 있다는 이야기를 들었다. 그의 이야기는 천국에도 있는 것이 이 세계에도 있으면 좋은 것이라는 뜻으로 들렸다가,

이 세계에도 있는 것이 천국에도 있으면 나쁜 것이라는 뜻으로 들리기도 했다. 아, 달빛은 메아리 같아. 꼬리가 흐려지고…… 떨리는…… 빛과 메아리. 달빛은 비밀을 감싸기에 좋다고 생각하다가,

달빛은 비밀을 풀어헤치기에 좋다고 생각했다. 달빛은 스르르 무릎을 꿇기에 좋은 빛, 달빛은 사랑하기에 좋은 빛, 달빛은 죽기에도 좋은 빛,

오늘밤은 천사의 날개가 젖기에도 좋은 빛으로 온 세상이 넘쳐서, 이 세계 바깥은 없는 것 같구나. 우리 도시의 지하에는 커브를 그리며 돌아다니는 열차가 있고, 열차에는 긴 의자가 있다는 이야기를 들려

주었다. 긴 의자에 앉으면 천국의 사람들처럼 죽은 듯이 흰자위가 사라지는 사람들이 있다는 이야기를 들려주었다. 꿈속에서도 서로를 죽이는 사람들의 이야기를 그의 눈송이 같은 귀에다 뜨듯한 입김을 불며 속삭여주었다.

인간을 사랑하느냐고 나는 물었고, 그리고 오랫동안 대답을 기다렸다.

半個

그날 난간을 붙들고 있던 손이 사라져버린 것처럼
그리고 무엇인가 뭉텅 떨어져 나갔던 것입니다
반개는 반개가 없어졌다는 뜻입니다
접시 위에 남아서 시간에 갈변되는 과일 조각은 사소한 흔적입니다
사과 반개에는 씨앗이 보입니다
쪼개지지 않으면 보이지 않는 것입니다
폭력적인 것입니다
씨앗은 죽은 사람의 홉뜬 눈동자처럼 보입니다
죽음이 눈을 감지 못하게 하는 것입니다
삶은 가만히 있지 못하게 하는 것입니다
살아 있는 사람에겐 눈도 심장도 이빨을 파고드는 치통도 기다림도 깜박이는 것입니다
반개는 반개의 상처입니다
반개는 반개가 두들기고 두들기는 가슴,
반개는 반개의 존재 증명, 잊히지 않았다는 뜻입니다

빛

악몽이란 생생한 법입니다

몇몇 악몽들이 암시했고 별빛이 비추고 있었습니다

저녁노을의 빛과 새벽노을의 빛 사이에 별이 못처럼 꽝꽝 박히고 새파란 초승달이 돋아나 가장 어려운 각도로 서 있습니다

휘청하는 순간처럼 달빛이 검은 천막을 찢고 있었습니다

별이 못이라면 길이를 잴 수 없이 긴 못, 누구의 가슴에도 깊이를 알 수 없이 깊은 못입니다

오늘 밤하늘은 밤바다처럼 빛을 내는 것이 세상에서 가장 어려운 일인 것 같습니다

꿈이 아니라면 이제부터 진짜 악몽이라는 듯이 동쪽에서 번지는 새벽노을이 얼룩을 일그러뜨리며 뒤척입니다, 어디에 닿아도

빛을 비추며 아이를 찾아야 했습니다

서로서로 빛을 비추며 죽은 아이를 찾아야 했습니다

어디서 날이 밝아온다고 아무도 말하지 못했습니다

타인의 창

유리로 만든 것들은 우리를 속이기 쉽습니다. 저 창문은 액자 같고,

그곳에서 가장 먼 나뭇가지에라도

나는 걸려 있기로 결정했습니다. 당신이 찾을 수 있는 곳이 내가 있어야 할 그곳입니다. 당신의 눈빛이 존재하지 않는다면 그곳에,

내 슬픔의 무게는 나뭇가지를 부러뜨리고 구덩이를 팝니다. 많은 것들이 꺼질 듯 매몰되었습니다. 아아, 나는 멸망인 척해도 멸망이 아닙니다. 나는 그림인 척해도 그림이 아닙니다.

창밖이 진짜 어떤 세상인지 압니까?

구덩이에 빠져서 낮과 밤과 다음 날 아침이 비슷하면 어떤 기분인줄 아세요? 기분이 구덩이 같고 흘러내리는 흙 같아요.

모든 옆집의 창문 같은 그곳,

유리의 주인인 당신의 눈빛을 상상하면 나는 그림이 될 수 있을 것 같습니다. 내 삶의 카펫에 누군가 주제를 정하고 문양을 찍는 것 같습니다. 카펫은 밟

으라고 있는 겁니다.

이런 내 마음의 소리가 당신에게 들리는 것 같습니다. 내 절망이 당신에게 스러질 듯이 원경(遠景)으로 보이는 것 같습니다.

당신의 찌푸린 눈빛처럼 내가 나를 보는 것 같습니다.

당신의 눈빛에 항상 걸려 있는 나의 살가죽을 쓰고 다니면 세상의 모든 옆집들

창문이 빛을 반사하고, 창문이 눈물을 흘리고, 창문이 눈동자를 키우고, 창문이 문서를 작성하고, 창문이 강간을 증언하고, 창문이 창문의 창문을 낳고,

창문이 자꾸 질문을 만들지만 아무리 기다려도 대답은 안 만들어줘요. 그곳에 당신이 있었다면

내가 있었을까? 없었을까?

어느 이웃집 꼬마처럼 돌멩이를 손에 쥐면 그때 그곳이 생각납니다. 그곳에 돌멩이를 던진다면, 그것은

당신의 눈알을 당신의 얼굴에서 빼앗아 그 얼굴에

서 멀리 던져버리고 싶었다는 뜻입니다. 당신의 눈알을 으깨는 기분으로 나는 돌멩이를 손에 꼭 쥐고 있습니다. 내가 보이는 그곳,

그곳에 당신이 있을까? 없을까?

모르는 목소리

모르는 목소리가 아는 사람처럼 내 이름을 부르며 걸어오고 있다

얼굴은 안개에 감겨 얼굴이 없는 것 같고

같은 안개를 뚫고 모르는 목소리가 내게 달라붙고 있다

어떤 앎이 이처럼 끈적이는가, 모든 앎이 이처럼 끈적이는가

나는 침묵의 계명을 따랐던 교분들을 희뿌연 빛에 비추어 상기하고 있다, 오래전

그 중에…… 그는 법정 서기였다

그는 완벽했다

이제 말을 해도 되는 거냐고 내가 놀라며 물었더니

메아리처럼 돌아오는 그의 목소리는 주인을 바꾼 듯이 변해 있었다

또 다른, 모르는 목소리가 아는 사람처럼 내 이름을 부르며 더 가깝게 걸어오고 있다

나의 이름이 나를 비껴가고 있다

눈의 위치

공업용 다이아몬드 같은…… 네 눈알을 굴리면 니 눈꺼풀이 먼저 까지겠고, 쓰라리겠다.

언제나 제자리에서만 구르는 건 공이 아니지. 하늘의 별이 아니지.

저쪽으로 굴러가기 때문에, 공중으로 떠오르기 때문에, 땅으로 떨어지기 때문에, 우리는 심심하면 공을 가지고 노는 거야. 그것은 우리 지구인들의 유희.

최선을 다해 눈알을 던져봐. 최고 속도는 불이 되고 재가 되는 속도일까. 야구공은 야구공인 채로 던져지네. 축구공은 축구공인 채로 골대를 비껴가네. 휙, 지나가버려서, "아름다운 곡선이다" 감탄할 새도 없었네.

어떤 룰 속에서 우리는 승리하고, 패배하고, 어떤 빗속에서 오늘의 경기를 쉬게 되는 걸까. 거친 숨을 고르며

너를 보지만, 햇빛 때문에 우리는 우주를 볼 수 없다. 깜깜한 밤에 햇빛이 감추는 우주적인 구체(球體)들의 퍼레이드를 올려다보자. 렌즈를 바꿔도 상자

모양의 별은 없다.

그러니까 우주에 거대한 콘크리트 박스를 별처럼 설치하면, 호기심 많은 외계인이 찾아올 겁니다. 똑똑한 외계인은 말하겠죠. 우주를 견딜 수 있는 직선이라니!

옆에서 듣고 있던 동료 천문학자가 중얼거렸지.
"기발한 아이디어이긴 한데, 우리가 정말 외계인을 만나도 괜찮을까요?"

우리끼리 사는 것도 죽도록 힘든데…… 혼자 잠을 자고 혼자서 꿈을 꾸는 것도 이렇게 괴로운데…… 너를 볼 용기가 안 생겨서 혼자 눈알을 굴리고 있는 것도 이렇게 쓰라리고 아픈데……

내 눈빛을 이해하시겠어요? 어쩌면 우리는 우리가 생각하는 것보다 조금 더 먼 곳에서 왔는지도 모르는데……

저녁의 감정

가장 낮은 몸을 만드는 것이다

으르렁거리는 개 앞에 엎드려 착하지, 착하지, 하고 울먹이는 것이다

가장 낮은 계급을 만드는 것이다, 이제 일어서려는데 피가 부족해서 어지러워지는 것이다

현기증이 감정처럼 울렁여서 흐느낌이 되는 것이다, 파도는 어떻게 돌아오는가

사람은 사라지고 검은 튜브만 돌아온 모래사장에…… *점점 흘려 쓰는 필기체처럼*

몸을 눕히면, 서서히 등이 축축해지는 것이다

눈을 감지 않으면, 공중에서 굉음을 내는 것이 오늘의 첫번째 별인 듯이 짐작되는 것이다

눈을 감으면, 이제 눈을 감았다고 다독이는 것이다

그리고 2절과 같이 되돌아오는 것이다

뒤에서 오는 사람

그는 손을 뻗었다가 떨구었을 것이다
하루 중 해가 지는 시간이었고 그림자를 기다랗게 늘어뜨린 시간이었다
사람 그림자를 사람 살처럼 깊숙이 찌를 수 없을 것이다
그러나 흠칫 어깨가 작아지고 힐끔 뒤돌아보는 사람들은 언제나 있었다
그는 보일 듯 보일 듯한데
생각날 듯 생각날 듯하다가 생각나지 않는 단어처럼, 더러운 물속에 잠긴 발목처럼
가까이 따라왔을 것이다
난시(亂視)가 한 개의 달을 두 개의 달로 보이게 하는 것처럼 가깝게
그는 뒤에서 오고 있을 것이다
내가 가만히 서 있으면 가로등 밑의 어둠처럼 어두워져 있을 것이다

옥도정기 찾기

이 상처에는 서사적인 고통이 있는 것 같고,
어느 날의 기억력은 술집에서 얼결에 동석하게 된 낯선 사람과 기울이는 술잔 같고,
인생에 홀연히 나타난 한 시간 동안의 친구 같고,
우리가 새빨간 거짓말과 사실을 도무지 분별할 수 없는 사이라면 간신히 진실을 말할 수 있을 것 같고,
빨간약을 구해줘, 이 말은 암호 같고, 우스갯소리 같고,
어디선가 어두운 목소리와 밝은 목소리가 유혹한다면 너는 어두운 목소리에 끌릴 것 같고,
그래서 말을 하다가 너는 어느덧 그림자와 자리를 바꿀 것 같고,
벽의 그림자들은 비슷비슷해서 내 것과 네 것이 바뀐 것 같고,
시간이 흐르면 누구나 그림자들과 싸우는 법이지, 끌끌끌, 너는 혀를 끌고 새벽에 나가는 사람 같고,
너의 혀가 길다면 조금 더 핥아줄 것 같고,

이웃 사람

곧 가스불을 꺼야 할 독신자가 갑자기 죽어버리는 것이다. 고깃국물이 졸아들고 검은 간장 한 방울처럼 진해지는 것이다. 불꽃냄비처럼 모든 손잡이가 뜨거워지는 것이다.

그래서 생각했다. 죽기 전에 해야 할 일이란 가스불을 끄고 그리고 시간이 남는다면 가볍게 음식을 먹고 천천히 그릇을 씻는 것이다.

나는 맨발로 국제공항에 떨궈지고 싶지 않았다.* 유리의 성에 지워질 듯 지워질 듯 어른거리고 싶지 않았다. 처음부터 다시 배우고 익히고 익숙해지고 드디어 상식적인 사람이라는 평판을 얻기까지 수줍은 미소를 띤 채 어정거리고 싶지 않았다. 드디어 길을 잃어버리지 않게 된 동네에서

오전에 산책하고 오후에 산책하는 나의 삶을 지키고 싶다. 평범하고 고독한 저런 사람을 의심해야 한

다고 누군가 나를 가리키며 앞발을 감추고 발바리처럼 짖을 때까지 나는 오후에 산책하고 고요한 새벽에 산책하는 삶을 살아왔다.

제때 가스불을 끄고 사랑을 끄고 희망을 끄고 살아온 것이다. 죽기 전에 해야 할 일을 하며 살아온 것이다. 곧 가스불을 꺼야 한다고 나는 생각하고 있다.

* 어떤 젊은이가 했던 말을 똑똑히 기억한다. "당신은 위에 있고, 나는 맨발로 국제공항에 떨궈져 있어요." 나는 다시 어떤 젊은이가 되고 싶지 않았다.

창과 방패

빛에 비치지 않습니다. 이 검은 가방은 신의 입술보다 단단하고 질깁니다. 좋은 가죽입니다. 나는 영혼의 가치를 계산하는 셈으로 당신에게 이 검은 가방을 팔아치우겠습니다.

상인의 영혼을 가짜라고들 합지요, 헤헤헤. 가벼운 웃음소리를 풋살구처럼 매달고 있는 영혼이라고 합지요. 가을비와 겨울나무의 목소리도 나의 것, 풋살구도 나의 것. 가짜가 없으면 진짜도 없는 법. 당신이 어떻게 내 목소리를 좋아하지 않을 수 있을까. 환영이 아니라면 신이 나타날 수 있는 길은 이 세상 어느 골목에도 없고,

상인의 목소리가 아니라면 신의 난해한 쪽지는 어디에서도 대독될 수 없으니, 이 검은 가방이 신적이지 않다면 무슨 수로 신의 침묵을 설명할 수 있을까.

내일 아침 이 검은 가방은 당신의 것, 신사의 가

방, 목자의 가방, 샐러리맨의 가방. 이 검은 가방에서 보험 상품을 꺼내어 커피숍 탁자 위에 지도처럼 펼치면서부터 당신은 바야흐로 긴 인생의 재난과 질병과 죽음을 서술할 수 있습니다. 설명할 수 없는 것을 설명하는 것이 상인의 기술, 우리의 저울, 우리들의 오래된 무기.

조용한 지구

사람들이 증발했다. 밤새 지구 크기의 우주선에 실려 간 것이다. 다음 날 아침이 달라지지 않는 것이다. 전기와 수도를 사용하는 삶이 변경되지 않고, 지하철은 지하에, 메리의 아주머니는 정원에, 참새는 나뭇가지로부터 50센티미터에, 비행기는 번개 근처에…… 있는 모든 것이 옮겨지면, 공동묘지의 비석들도 줄지어 옮겨지는 것이다.

돌에 새겨진 모년 모월 모일의 날짜들이 무한 우주 속으로 흡입되는 광경을 나는 상상했다. 왜 나는 데려가지 않았어요? 왜 모든 것 속에 나는 없어요? 나는 무의미해져도 무가 되지 않고, 무감각해져도 무가 되지 않고, 무한해져도 무가 되지 않고, 커도 어른이 되지 않고, 불행한 이웃을 그리워해도 불행한 이웃이 되지 않고…… 되지 않는 모든 게 진짜 나란 말입니까. 되지 않는 모든 것을 합치면, 결국 뭐라도 됩니까. 지구는 대체 몇 개예요?

신호등 하나가 남아 있었다. 지구에 남겨진 유일한 신호처럼 붉은 눈을 뜨고 있었다. 내게는 습관이 남아 있었고, 나는 서 있었다. 그날 당신이 내게 말을 건넨 거예요. 나는 약속했고, 무의미해져도 지킬 거예요. 약속 장소에 갈 거예요. 북극점에 꽂힌 한 개의 깃발처럼 감동적이었다. 나는 꿀꺽 침을 삼키고, 어, 어, 어, 어, 드디어 말을 하려고 하는 것이었다.

문지기

여기서 이러시면 안 됩니다, 라고 말하는 것이 내 직업이다.

당신의 목적을 부정하는 것이 내 직업이다.

다음 날도 당신을 부정하는 것이 내 직업이다.

당신을 부정하기 위해 다음 날도 당신을 기다리는 것이 내 직업이다.

그다음 날도 당신을 기다리다가 당신을 사랑하게 되는 것이 내 직업이다.

그리하여 나의 사랑을 부정하는 것이 나의 직업이다.

나의 천직을 이유로 울지 않겠다, 라고 썼다. 일기를 쓸 때 나는 가끔 울었다.

생각을 할 때

생각이 돌을 재료로 한다면, 생각의 집은 당신의 옆집에도 대문이 있고 지하실이 있는 것과 같아. 당신의 옆집에서 무슨 일이 벌어졌을까? 지붕 위로 검은 연기가 솟구치네. 당신은 누구를 향해 불타는 돌을 마구 던지고 있는 걸까?

특정 부위의 살은 드러내지 않으려 했지. 우리는 지워지지 않는 화상을 나누어 가진 것 같아. 돌은 손등 위에 얹히는 가벼운 공깃돌처럼 놀이의 재료가 되었네. 머리를 깨부수는 무기가 되어 날아올랐네. 돌에게 자비심이란 없는 것 같아. 돌에게 생각이란 없는 것 같아. 그러나 생각은 돌과 얼마나 다른 걸까. 돌에 맞아 죽는 사람처럼 생각에 맞아 죽는……

사람이 무엇일까. 무엇이 사람일까.

마른번개들

타협하지 않고 절제하지 않고
발작을 시작한다
숨, 숨을 안 쉬고
숨, 숨을 쉬고
나는 나를 넘나드는 잔인한 불길,
나는 나를 찢고 나와서 또 찢을 테다!
사랑의 화수분처럼
내일 아침을 염려하지 않고 쓰고 쓰고 또 써버릴 테다!
사랑의 쓰레기처럼
완전히 허비하고 교환하지 않을 테다!
나는 시시각각 다른 웃음소리를 낸다
그것이 싸우는 소리라면
협상하지 않고 위장하지 않고 방어하지 않고
반성하지 않고
나는 나를 아끼지 않을 테다!
이윽고 검은 동공이 사라지는 순간에,

사랑하는……

문이 닫혔는데 문밖으로 따뜻한 빛이 흘러나오듯이 그런 눈물이……

누구니? 문밖에 서 있는 아이는? 어린 시절에 읽은 동화책에서는 늘 그 위치에 주인공이 서 있었어. 슬픔은 지붕이 없다는 듯이 서 있어. 집이 없는 아이는 새로 변한다고 허공의 먼지들이 반짝여. 그렇게 간질이는 소리를 들은 적이 있어. 숨을 쉬듯이 심장이 뛰듯이 태어나면서부터 말을 했다면 우리는 죽을 때까지 뱃속에 대한 기억을 지킬 수 있었을까. 죽고 태어나는 것들. 물고기와 새와 포유류는 서로를 깊이 그리워할 거야. 우리는 다른 시간과 다른 장소를 알고 있을 거야.

여인의 몸, 내가 사랑하는 여인의 발가벗은 몸을 보고 싶고, 보고 싶고, 나는 보고 싶지 않아! 눈을 감고 서서히 어둠 속에 포함되는……

잃어버려지지 않는
찾아지지 않는

폐허에서 극장을 찾고 있습니다. 누구나 과거를 가지고 있어요. 과거 위에 내려앉은 이미지는 날개를 떼어버린 새의 발자국처럼 멀어지기 어려워요. 어디로든 조금씩 걷고, 천천히 걷고, 부리를 땅에 박으면 먹을 게 있다는 뜻일까요?

과거 위에 내려앉은 이미지는 몸통을 잃어버린 날개처럼 꿈속에서만 날아다닙니다. 나는 폐허에서 약초를 찾고 있었습니다. "자, 이 중에 하나는 약초고, 다른 하나는 독초다." 둘 중에 하나를 고르라고 윽박지르는 노인을 만났어요. 꿈결은 뒤척거리면서 이런 미치광이 노인들이 시간을 시험하기 좋은 무대를 꾸미죠. 그때마다 약초를 원했는데 독초를 고르고, 독초를 원했는데 약초를 고르고, 약초를 원했는데 약초를 고르고, 독초를 원했는데…… 어느덧 나는 한 그루 덤불을 껴안고 활활 타오르는 사람처럼 보였습니다.

폐허에서 잃어버린 기타를 찾고 있습니다. 기타줄 위에서 손모양이 살짝살짝 변했을 뿐인데, 놀랍게도 영혼의 옥타브가 바뀌는 것이었습니다. 나의 호기심은 새싹같이 움텄고 애벌레같이 꼼지락거렸어요. 살짝 열린 문틈으로 엿보았을 뿐인데, 하나뿐인 세계가 무너지고 있었습니다. 눈알을 뽑아 들개에게 던져주고 싶었습니다. 문을 걸어 잠그고 뒤돌아서서 검은 장막을 쳤어야 했던 이유를 오랫동안 용서하지 않았어요.

8時가 없어진다면

지나가고, 또 지나가고, 또 지나갔으니
8시처럼, 목요일 저녁처럼, 여름날의 긴 오후처럼 돌아오는 중이겠군요
봄에 여름이라고 부르고, 여름에 가을이라고 부르고, 가을에 겨울이라고 고쳐 부르는 것이 당신의 이름입니다
그리고 둥근 것들, 해와 달, 아침에 나갔다가 밤에 돌아오는 구두들의 닳은 굽, 뉴욕제과점 모퉁이를 돌아 언덕을 오르는 마을버스들, 자꾸 어깨에서 흘러내리는 가방,
그러나 나는 어느샌가 한눈을 팔게 됩니다, 미안해요
그사이에 8시가 없어지면 당신이 어떻게 돌아올 수 있겠어요, 8시가 없어지면
8시 5분이, 9시가 없어지고, 다음 날 아침이 없어지고, 여름날의 소낙비가 없어지고, 가을날의 천둥이 없어지고, 눈물을 흘리는 얼굴이 없어지고, 겨울 눈꽃축제가 없어지고, 새싹이, 연둣빛 새싹이,

옆집은 한 달 보름째 빈집입니다, 세상의 모든 옆집이 빈집이면 내가 어떻게 당신의 이름을 부를 수 있겠어요

캄캄한 하늘에 당신이 무한한 원을 긋고 있는 중이라면

에코의 초상

입술들의 물결, 어떤 입술은 높고 어떤 입술은 낮아서 안개 속의 도시 같고, 어떤 가슴은 크고 어떤 가슴은 작아서 멍하니 바라보는 창밖의 풍경 같고, 끝 모를 장례 행렬, 어떤 눈동자는 진흙처럼 어둡고 어떤 눈동자는 촛불처럼 붉어서 노을에 젖은 회색 구름의 띠 같고, 어떤 손짓은 멀리 떠나보내느라 흔들리고 어떤 손짓은 어서 돌아오라고 흔들려서 검은 새 떼들이 저물녘 허공에 펼치는 어지러운 군무 같고, 어떤 얼굴은 처음 보는 것 같고 어떤 얼굴은 꿈에서 보는 것 같고 어떤 얼굴은 영원히 보게 될 것 같아서 너의 마지막 얼굴 같고, 아, 하고 입을 벌리면 아, 하고 입을 벌리는 것 같아서 살아 있는 얼굴 같고,

|해설|

존재 바깥에서 물결치는 '인간의 시간'

박 진

일렁이는 '에코의 초상'

김행숙의 시는 처음부터 타자를 향한 낯설고 위험한 모험이었다. 그녀의 시적 화자는 세계를 자기 앞에 재현하고 자신의 인식 지평 위에서 타자를 대상으로 정립하는 원근법적 중심으로서의 주체가 아니다. 오히려 "알 수 없는 사람"(「타일의 규칙」)이 되기까지 타자들을 향해 스스로를 개방하는 주체, 타자의 목소리들이 거침없이 횡단하고 타자의 흔적들에 따라 끊임없이 모습을 바꾸는 비표상적 주체라고 말할 수 있다. 세계를 그러모아 내면성으로 통합하는 익숙한 서정적 발화와 구별되는 김행숙 시의 모호성과, 매혹적인 이질성이 여기에서 비롯된다. 그녀의 시가 자기동일성으로 귀환하지 않는 '타자되기'의 감행인 이유, 담론의 지배에 다시 종속되지 않는 다른 곳에서의 글쓰기인 이유도 바로 여기에 있다.

새 시집 『에코의 초상』에서도 김행숙은 타자의 목소리와 타자의 흔적들 속에서 주체의 임시적 단수성을 감지하며(「저 사람」 「두 사람」 「모르는 목소리」 「이름 모를 바닷가」 「아담의 잠옷」 「소리의 악마」 등), 로고스-팔루스 중심의 체계를 혼란에 빠뜨리는 다른 언어와 다른 사랑을 꿈꾼다(「좋은 말」 「상형문자 같은」 「아, 서사극」 「새의 위치」 「마른번개들」 「트럭 같은 사랑」 등). 이런 양상은 시집의 제목에도 암시돼 있다. 그녀는 자기 모습을 드러내지 못한 채 다른 사람의 마지막 말을 되풀이해야만 하는 '에코'의 운명을 시적 자아의 '초상'으로 받아들인다. 그것은 누군가에게서 빌려 온 목소리로 말하고 타자의 영향에 의해 수동적으로 발생하는 어떤 주체의, 초상 아닌 초상이다.

입술들의 물결, 어떤 입술은 높고 어떤 입술은 낮아서 안개 속의 도시 같고, 어떤 가슴은 크고 어떤 가슴은 작아서 멍하니 바라보는 창밖의 풍경 같고, 끝 모를 장례 행렬, 어떤 눈동자는 진흙처럼 어둡고 어떤 눈동자는 촛불처럼 붉어서 노을에 젖은 회색 구름의 띠 같고, 어떤 손짓은 멀리 떠나보내느라 흔들리고 어떤 손짓은 어서 돌아오라고 흔들려서 검은 새 떼들이 저물녘 허공에 펼치는 어지러운

군무 같고, 어떤 얼굴은 처음 보는 것 같고 어떤 얼굴은 꿈
에서 보는 것 같고 어떤 얼굴은 영원히 보게 될 것 같아서
너의 마지막 얼굴 같고, 아, 하고 입을 벌리면 아, 하고 입
을 벌리는 것 같아서 살아 있는 얼굴 같고,

—「에코의 초상」 전문

에코의 목소리는 그녀가 따라서 말해야 하는 수많은 타인들의 목소리다. 그 목소리들로 인해 아직 얼굴이 없는 그녀에게 "입술"이 생겨나고, 그래서 그녀의 입술은 타인의 "입술들의 물결"이 된다. "처음 보는 것 같고" "꿈에서 보는 것 같"은 타인의 얼굴들, 주체가 파악하거나 규정할 수 없는 타자의 비현전성이 에코의 초상을 비가시적이고 비동일적인 일렁임으로 만든다.

이 시에서 특히 인상적인 것은 "영원히 보게 될 것 같"은 "너의 마지막 얼굴"조차 "어떤 얼굴"로 희미하게 흩어져간다는 점이다. 김행숙 시의 화자는 대체될 수 없는 유일한 '너'의 얼굴마저 생생한 재현으로 붙잡아 고정하지 못한다. 주체의 이 같은 무능 혹은 실패 속에서 김행숙의 이번 시집은 '다른 시간'과 '다른 관계'의 가능성을 새롭게 열어가고 있는 듯하다.

침묵과 망각, 그리고 '죽어감'의 시간

그러나 지금은 우선, 표제작인 「에코의 초상」을 좀더 따라가보자. '너'의 비현전이라는 결정적인 부재, 치명적인 결핍은 이 시에서 죽음의 형상과 맞물려 있다. "끝모를 장례 행렬"과 "진흙" 같은 "눈동자"와 "허공"을 나는 "검은 새 떼들"이 드리우는 압도적인 죽음의 분위기는 결국 "너의 마지막 얼굴"을 휘돌고 있다. "아, 하고 입을 벌"린 '너'의 마지막 얼굴은 마치 "살아 있는 얼굴 같"지만, 그 벌어진 입술에서는 죽음 이후의 목소리가 새어 나오거나 혹은 새어 나오지 않을 것이다. 하여 그를 따라 벌어진 그녀의 입술에서는 끝내 죽음의 탄식이 흘러나오거나 차마 흘러나오지 못할 것이다. 그녀는 이렇게 말의 상실 위에서 말하고 있다. 입이 틀어막힌 채 우는 어린아이처럼.

「에코의 초상」은 나르시스에 대한 에코의 비극적 사랑뿐 아니라, 나르시스의 죽음 이후에도 계속되는 에코의 삶에 대해 생각해보게 한다. 아마도 그 덧붙여진 삶 sur-vie은 순수한 인내이자 지향 없는 기다림이며, 죽어감 그 자체로서의 삶일 것이다. 에코는 기억을 통해서도 사랑하는 나르시스의 얼굴을 다시 현재화re-presentation할 수 없기 때문에, 그녀의 죽어감/삶은 재현될 수 없는 어떤 망각된 불행을 자신 안에서 참아내는 일과도 같다. '나'의 존재보다 더 사랑하는 타자의 비존재는 시작 없는 외상처럼, 기억에서조차 경험될 수 없는 영속적인 고통처럼, 끝없이 물결쳐 되돌아온다.

부재와 죽음, 침묵과 망각, 수동적인 참을성과 기다림의 시간 등은 이렇게 서로서로 공명을 일으키며 시집 전체를 감싸고 있다. 이를테면 「소」에서 "우리는 방금 전까지도 모르는 사이였는데/어두운 뱃속에서부터 알던 사이 같다 〔……〕 우리는 옛날 사람 같았다/가만히 느껴보면/죽은 적이 있는 것 같았다"고 말할 때, 그녀는 결코 현재한 적은 없지만 외상으로 자국을 남긴 깊디깊은 "옛날"의 망각된 죽음을 가만히 견디고 있는 것 같다. 그리고 「아담의 농담」에서 그녀는 극렬한 "통증"을 동반하는 하염없는 "침묵"과 기다림을 통과하며, 자기 자신을 찾아봐야 소용없는 비현전의 시간 속으로 넘겨진다.

> 말을 하려고 하면, 말이 잘 안 됩니다. 말이 안 돼도 말을 하려고 애쓰면, 사람들은 걱정스레 묻습니다. 어디가 아픕니까? 그것이 복통이라면, 토하세요. 토하고 싶다면, 토하고 싶은 것들은 무엇입니까? 토할 것 같다면, 토할 것 같은 것들은 무엇입니까? 무슨 냄새를 맡았습니까? 대체 무엇을 보았습니까?
>
> 〔……〕
>
> 말하면, 안 될 것 같은 말만 자꾸 생각나서 침묵했습니

다. 침묵이 길어지면, 긴 침묵은 기다리는 자의 것이었다가 시간이 무심하게 흘러 죽은 자의 것으로 석양 밑에 깔립니다. 친절한 그가 대신하여 이야길 시작하면, 나는 죽어서 어느 날의 내 목소리를 듣는 것 같습니다.

—「아담의 농담」 부분

이 시에서는 "말"이 되어 나오지 못하는 말의 기나긴 "침묵" 속에서, 언제나 와 있지만 현전할 수 없는 죽음을 "기다리는" 참을성의 "시간"이 숨죽이며 이어진다. 거기에는 자신이 견딜 수 있는 것 이상을 견디는 눈부심 같은 게 있다. 또는 언어로 인해 입 벌리고 있는 심연을 언어로 건너야 하는 사람의, 찢김 속에서의 삼감 같은 것.

이런 것들이, 김행숙의 이전 시집들과 이어지면서도 구별되는 『에코의 초상』의 독특한 표정이다. 특히 언제나 이미 지나가버린 채 망각 속에서 끝없이 회귀하는 비현전의 시간은 이 시집에서 김행숙 시가 다다른 새로운 지점이다. 그런 시간성은 타인의 죽음이 불러일으키는 정동affection이나 타자에 대한 수동적 정념passion과 촘촘히 얽혀들어 있다. 죽음과 시간의 이러한 교차는 얼핏 하이데거식(『존재와 시간』)의 존재론을 떠올리게 하지만, '죽음을 향한 존재'의 불안으로 환원되지 않는 이 시간성은 존재의 서사를 거슬러서 코나투스(conatus: 존재의 자기보존력)의 바깥을 향해 아스라이 뻗어나간다.

존재 바깥, 또는 탈-천체dés-astre의 시간

『에코의 초상』에는 실제로 하이데거의 그림자가 어른거린다. 「차이와 동일성」과 「존재의 집」 같은 시 제목에는 하이데거의 영향이 직접 드러나 있기도 하다. 하지만 반(反)영향이라 부르는 것이 더 나을지 모를 이 경향은 하이데거로 대표되는 존재론의 사유와, 그 기반을 이루는 동일화의 체계 전체를 와해시키는 방향으로 작동하고 있다. 가령 「차이와 동일성」에서는 재현 불가능한 타인("손목"으로만 나타났다 사라지는)의 얼굴의 물음표가 '나'의 자기동일성을 식별 불가능한 지점까지 몰아붙이는 동안, 차이가 동일성의 본질에서 유래한다는 『동일성과 차이』(하이데거)의 중심 명제가 바닥에서부터 뒤집어진다.

또 「존재의 집」에서는 현존재의 거주 가능성이자 세계 내 존재의 이해 가능성을 보장하는 언어가 어떤 한계에 이르러 침묵으로 으스러지면서, 세계의 안정성을 뒤흔드는 바깥dehors의 시간이 엄습한다.

> 그런 입 모양은 아직은 침묵하지 않은 침묵을
> 침묵으로 들어가는 입구를
> 입구에서 조금만 더,

조금만 더 기다려보자고 기다리고, 끊어질 것 같은 마음으로 기다리는 사람을 뜻한다

그 사람이 얼음의 집에 들어와서 바닥을 쓸면 빗자루에 묻는 물기 같고

원래 그것은 물의 집이었으나 살얼음이 이끼처럼 끼기 시작하고

물결이 사라지듯이 말수가 줄어든 사람이

아직은 침묵하지 않은 침묵을

침묵으로 들어가는 좁은 입구를

그런 입 모양은

표시했다

식사 시간에 그런 입 모양이 나타났을 때 숟가락을 떨어뜨렸고, 그 사람은 숟가락을 떨어뜨린 줄도 몰랐는데

그 숟가락은 무엇이든 조금씩 조금씩 덜어내기에 좋은 모양으로 패어 있고

구부러져 있다

숟가락의 크기를 키우면 삽이 되고, 삽은 흙을 파기에 좋다

물, 불, 공기, 흙 중에서 흙에 가까워지는 시간에

이를테면 가을이 흙빛이고 노을이 흙빛이고 얼굴이 흙빛일 때

그런 입 모양은 아직은 입을 떠나지 않은 입을

아직은 입으로 말하지 않은 말을

침묵의 귀퉁이를

아직까지도 울지 않은 어느 집 아기의 울음을

—「존재의 집」 전문

아직은 아무 말도 새어 나오지 않은 "그런 입 모양"과 더불어 알아챌 수는 없지만 갑작스러운 무엇이, 천체의 기울어짐과도 같은 전락의 신호가, 세계의 거주 불가능성을 선언하는 어떤 바깥이 출현한다. "침묵"은 바깥에 대한 강렬하고 재앙dés-astre 같은 긍정이다. 언어로 이루어진 "존재의 집"은 실상 살아 있는 모든 것을 동결하는 "얼음의 집"이며, 존재의 존재함을 위해 타자들(자기 안의 말 못하는 어린아이를 포함하여)을 살해하는* 죽음의 집이기 때문이다.

침묵은 말해질 수 없는 것으로서의 죽음("흙을 파기에 좋"은 "삽"과 "흙빛"의 "얼굴" 등으로 암시된)을 향한 무한한 다가감이기도 하다. 존재가 언어를 통해 매 순간 실행하지만 결코 완수할 수 없는 살해 행위는 불가능한

---

* "사람들은 한 어린아이를 살해한다On tue un enfant"는 세르주 르클레르의 말은 오래전에 우리가 말을 하기 시작하면서 말 못하는 어린아이였던 자기 자신을 살해했음을 뜻한다. 이미 죽은 그 어린아이는 언어의 바깥, 기억의 바깥에 잔존하면서 끊임없이 되돌아오고, 우리는 그 어린아이를 거듭 살해함으로써만 의식적·대자적 존재로서의 자아를 유지할 수 있다. 이에 대해서는 박준상 해제, 「한 어린아이」, 모리스 블랑쇼, 『카오스의 글쓰기』, 박준상 옮김, 그린비, 2012 참조.

죽음을 되풀이하는 일, 또는 끝없이 죽어가기를 계속하는 일과 다르지 않다. 이로 인해 「존재의 집」에는 한없이 연기된 채 임박한 죽음을 기다리는 참을성의 시간이 죄어들어온다.

수동적인 기다림과 죽어감의 시간은 현존재의 존재지평인 근원적 시간(죽음을 향한 존재의 유한함)을 파열시킨다. 불안을 무릅씀으로써 자기를 앞질러 죽음을 전유하고, 미래로 자신을 기투하는 가운데 현존재의 전체성을 구현하는 하이데거적인 의미의 시간을 말이다. 이 시에서는 또한, '모든 인간은 자기 자신으로서 죽는다'는 죽음의 단독성과, 이를 토대로 한 존재의 각자성이 철저히 의문에 부쳐진다. 죽음을 가장 고유하고 누구에게도 양도할 수 없는 자신만의 것으로 본 하이데거에게, 죽음이란 타인을 배제하는 고독한 가능성이다. 하이데거의 존재론에서 죽음은 오직 존재 사건이며 모든 의미는 존재 의미로 귀속된다.

반면에 「존재의 집」에서 현전하지 않는 이 불확실한 죽음('나'의 죽음이나 "그 남자"의 죽음조차도 아닌)은 개인적인 것이 결코 아니며, 그 의미는 '나'의 고유하고 실존적인 죽음으로 도저히 채워지지 않는다. 그녀의 시에서라면 모든 인간은 자기 자신으로서가 아니라 오히려 '누군가'로 죽는다고, 차라리 "아직까지도 울지 않은 어느 집 아기의 울음"으로 죽어간다고 말해야 한다.

익명적인 '공동의 인간'

이 같은 죽음/죽어감은 인간의 익명적 연속성 안에 '나' 자신을 기입하여 '나'를 모두에게 속한 자로 만든다. 언제나 의식 바깥에 있기에 망각을 통해서만 기억될 수 있는 불가능한 죽음(내 안의 이미 죽은/죽어가는 어린아이)은 우리 모두에게 뚫려 있는 구멍이자,* 상처 입은 비존재로서의 '공동의 인간'일 수 있기 때문이다.

저녁이면 손을 모으는 일을 했다
어느 날은 손이 뜨거웠다
권총을 붙들고 부들부들 떨고 있는 것 같았다

총의 환상이 사라지자
총에 맞은
검은 새처럼 손만 남았다
〔……〕

* 그런 의미에서 「에코의 초상」의 나르시스는 에코 안의 이미 죽은/죽어가는 어린아이이며, 부재하는 채로 끝없이 되돌아오는 나르시스의 죽음은 우리 안에 뚫린 '공동의 구멍'일 수 있다. 수동적인 죽어감의 시간 속에서 에코가 견뎌내는 것은 바로 이 익명적인 공동의 죽음이라 말할 수 있다.

누구나 어린아이였지, 옛날부터
위험하게
〔……〕
저녁에 손을 모으면
누구의 손이라도 모두 닮았다

—「누구를 위하여 종은 울리나」 부분

별이 못이라면 길이를 잴 수 없이 긴 못, 누구의 가슴에
도 깊이를 알 수 없이 깊은 못입니다
〔……〕
빛을 비추며 아이를 찾아야 했습니다
서로서로 빛을 비추며 죽은 아이를 찾아야 했습니다
어디서 날이 밝아온다고 아무도 말하지 못했습니다

—「빛」 부분

「누구를 위하여 종은 울리나」에서 간절함으로 "부들부들 떨"리던 "손"이 "총에 맞은 검은 새처럼" 죽음의 절망 속에 내버려질 때, 기억할 수 없는 먼 "옛날"에 살해당한 내 안의 "어린아이"가 다시 울기 시작한다. 말문이 막히는 어떤 한계 상황에서야 우리는 말 못하는 그 어린아이의 죽음이 나만의 결핍이 아니었음을 비로소 느끼게 된다. "누구나 어린아이"로 죽었고 죽어가고 있음을 깨닫는 일은 무언가를 간구하는 우리 각자의 모아

진 손이 "모두 닮"아 있다는 깨달음으로 이어진다. 상처 입고 고통받는 타인들과 '나' 사이에 익명적인 공동의 몸이 들어서는 것이다.

「빛」에서도 자기 가슴에 깊이 박힌 "못"의 고통은 모두가 가슴속에 깊디깊은 못〔池〕의 심연을 품고 있음을 발견하는 놀라운 순간을 불러들인다. 못은 하늘에 박힌 "별"이기도 하기 때문에, 저마다의 가슴속 고통의 심연으로 "서로서로 빛을 비추며 죽은 아이를" 함께 찾을 수 있다. 끝내 "날이 밝아"오지 않는다 해도 타인들과 함께 그 어린아이를 공동으로 품어 안는 그 어떤 삶은 끝없는 죽어감 가운데서도 우리를 존재보다 더한 것으로 열어줄 것이다. "밤에 날카로운 것이 없다면 빛은 어디서 생"(「밤에」)기겠는가. 이렇듯 찢김으로 인해 열리는 공동의 영역을 사랑이라고 부를 수 있을까?

우리를 밟으면 사랑에 빠지리
물결처럼

우리는 깊고
부서지기 쉬운

시간은 언제나 한가운데처럼

—「인간의 시간」 전문

이 시에서도 시간은 존재의 서사와 단호히 결별한다. 시간은 견고한 대지와도 같은 존재의 지평이기는커녕, "밟으면" 그대로 빠져버리는 "깊고 부서지기 쉬운" "물결"과 같다. 그것은 또한 시작과 끝을 지닌 현존재의 유한성으로 한정되지 않으며, "언제나 한가운데처럼" 기원도 종말도 없이 일렁이는 시간이다. 무엇보다 그 시간은 주체가 홀로 외롭게 경험하는 '존재의 행적'이 아니라 "인간"을 공동의 "우리"로 엮는 '관계의 사건'으로 나타난다. "인간의 시간"은 결국 타자들과의 관계 속에서 이뤄지는 주체성의 얽힘을 가리키는 다른 이름이 된다. 그 속에는 위태롭지만 무한한 "사랑"의 가능성이 깊이 잠재돼 있다.

한편 시간의 "물결"은 존재의 휴식을 방해하는 시간의 불안정한 동요를 암시한다. 물결치는 시간의 휴식 없는 일렁임('에코의 초상'을 일렁이게 한)은 타자에 의해 야기되는 동일자의 불안정을 인상적으로 환기시킨다. 타자가 동일자 안에서 자기충족적으로 이해되고 안정적으로 동화될 때, 생생한 현재로 다시 붙잡혀 동일자와 동시적으로 현존할 수 있을 때, 그 변함없는 '항상' 속에서 시간이 무슨 의미를 지니겠는가? 시간이란 '타자를 향한 동일자의 방향 전환'이자, 동일자가 타자를 끝내 포섭하지 못한 채 자기 안에서 감내하는 '참을성의 길이

(통시성)'(레비나스, 『신, 죽음, 그리고 시간』) 그 자체일 것이다. 그것이 익명적인 죽어감 속에서 우리가 겪어야 할 '인간의 시간'이다.

정념의 수동성과 타인의 '눈빛'

존재의 안정성을 뒤흔드는 동일자 안의 타자는 타인의 모습으로 우리에게 온다. 그리고 그 뒤흔듦에는 외상적인 폭력의 측면이 있다. 타인인 누군가는 "폭군처럼 솟아서 시간의 차원을 뒤엎고 한 자락 그림자도 없이 침입하"(「어딘가, 어딘가에는」)며, 또 누군가는 "흉기가 되도록 뾰족해"져서 "어둠 속으로 정확히 파고들어 시간을 끊으"면서 "참으로 끈질긴 노크 소리"(「물방울 시계」)를 낸다. 타인은 그리 달갑지 않은in-desirable 자이고, 그런 뜻에서 타인을 향한 쏠림은 바랄 만하지 않은 non-desirable 것에 대한 정념이다.

정념의 이 같은 수동성('passion'에는 'passif'라는 의미가 새겨져 있다)으로 인해 우리는 예기치 못한 방식으로 타인과 마주치고, 타인의 두드림에 타격을 입으면서 자기를 거슬러 영향을 받는다. 뜻하지 않게 때로는 내 "영혼의 옥타브가 바뀌"기도 하고, "하나뿐인 세계가 무너지"(「잃어버려지지 않는/찾아지지 않는」)기도 하는 것이다. 주체의 이런 수동성(능동성과 대비되는 수동성보다 더한 수동성)에는 존재론이 전혀 사유할 수 없는 윤리적 가능성의 지대가 있다. 『에코의 초상』에서 김행숙 시가 새로 마주한 '타인의 의미'도 바로 그 속에 깃들어 있다.

유리로 만든 것들은 우리를 속이기 쉽습니다. 저 창문은 액자 같고,
그곳에서 가장 먼 나뭇가지에라도
나는 걸려 있기로 결정했습니다. 당신이 찾을 수 있는 곳이 내가 있어야 할 그곳입니다. 당신의 눈빛이 존재하지 않는다면 그곳에,
내 슬픔의 무게는 나뭇가지를 부러뜨리고 구덩이를 팝니다. 많은 것들이 꺼질 듯 매몰되었습니다. 아아, 나는 멸망인 척해도 멸망이 아닙니다. 나는 그림인 척해도 그림이 아닙니다.
〔……〕
모든 옆집의 창문 같은 그곳,
유리의 주인인 당신의 눈빛을 상상하면 나는 그림이 될 수 있을 것 같습니다. 내 삶의 카펫에 누군가 주제를 정하고 문양을 찍는 것 같습니다. 카펫은 밟으라고 있는 겁니다.
이런 내 마음의 소리가 당신에게 들리는 것 같습니다. 내 절망이 당신에게 스러질 듯이 원경(遠景)으로 보이는 것 같습니다.

당신의 찌푸린 눈빛처럼 내가 나를 보는 것 같습니다.
당신의 눈빛에 항상 걸려 있는 나의 살가죽을 쓰고 다니면 세상의 모든 옆집들
〔……〕
그곳에 당신이 있었다면
내가 있었을까? 없었을까?
어느 이웃집 꼬마처럼 돌멩이를 손에 쥐면 그때 그곳이 생각납니다. 그곳에 돌멩이를 던진다면, 그것은
당신의 눈알을 당신의 얼굴에서 빼앗아 그 얼굴에서 멀리 던져버리고 싶었다는 뜻입니다. 당신의 눈알을 으깨는 기분으로 나는 돌멩이를 손에 꼭 쥐고 있습니다. 내가 보이는 그곳,
그곳에 당신이 있을까? 없을까?

—「타인의 창」 부분

유리로 된 "창문은 액자 같"아서 바라보기 좋은 "그림"인 양 "우리를 속이"지만, 그 창문은 실은 "타인의 창"이고 바라보는 "눈빛"의 "주인"도 내가 아닌 "당신"이다. 타인의 시선에 의해 '나'는 그림으로, 바라봄의 대상으로 뒤바뀐다. 주격으로서의 특권을 박탈당하고 대격으로 전락한 '나'는 내 자리를 '당신'에게 넘겨주어야 한다. "내 삶의 카펫에 누군가 주제를 정하고 문양을 찍는" 것처럼, '당신'의 시선에 따라 '나'는 내가 알지 못하는

방식으로 짜이고 형성된다. 그렇기에 "당신이 찾을 수 있는 곳이 내가 있어야 할 그곳"이다. "당신의 눈빛이 존재하지 않는다면 그곳에"는 아마 '나'도 없을 테니까.

그런데 타인의 창문에서 "가장 먼 나뭇가지에라도" 그림으로 "걸려 있기로 결정"한 '나'는, "그림인 척해도 그림이 아"니다. 자신이 걸려 있는 "나뭇가지를 부러뜨리고 구덩이를" 파서 "많은 것들"을 "꺼질 듯 매몰"시키는 "내 슬픔의 무게" 때문이다. 이 무게는 자신의 고유한 코나투스에서 뿌리 뽑힌 물질의 무게 전체일 것이다. 하지만 그 뿌리 뽑힘과 이를 견뎌내는 수동적인 참을성에서 존재 너머의 또 다른 주체성이 발생하는 것이라면, 동시에 "나는 멸망인 척해도 멸망이 아"니다. 자기 밖으로 추락하여 구덩이에 매몰된 채로 "아아, 나는 멸망인 척해도 멸망이 아닙니다./나는 그림인 척 해도 그림이 아닙니다"라고 말하는 이 신음 같은 탄식에서는, 고통 속의 수동성이 지닌 어떤 윤리적인 것이 흘러나온다.

나아가 타인의 시선에 숨김없이 노출되는 일은 '나'에게 일종의 폭력으로 경험된다. "당신의 눈빛에 항상 걸려 있는 나의 살가죽"은 보호 없는 노출이자 벌거벗음 그 자체이고, "당신의 찌푸린 눈빛" 앞에서 그 살가죽을 "쓰고 다니"는 '나'는 자아 없이 헐벗은 자다. 더구나 그 시선은 "세상의 모든 옆집들"에서 전방위적으로 '나'를 에워싸고 압박한다. 그래도 '나'는 '당신'의 창문을 향해

"돌멩이를 던"지지 못한 채 그 "돌멩이를 손에 꼭 쥐고" 간신히 서서 버티고 있다. 타인에 대한 정념passion의 수동성으로 '나'는 해를 입으면서 모든 수난passion을 감내하는 것이다.

타인의 근접성과 '이웃'의 죽음

피할 길 없는 타인의 영향력을 이처럼 '옆집'의 근접성과 '이웃'의 우연성에서 발견함으로써, 『에코의 초상』의 윤리적 가능성은 더욱 구체화된다.

> 곧 가스불을 꺼야 할 독신자가 갑자기 죽어버리는 것이다. 고깃국물이 졸아들고 검은 간장 한 방울처럼 진해지는 것이다. 불꽃냄비처럼 모든 손잡이가 뜨거워지는 것이다.

> 그래서 생각했다. 죽기 전에 해야 할 일이란 가스불을 끄고 그리고 시간이 남는다면 가볍게 음식을 먹고 천천히 그릇을 씻는 것이다.

> 나는 맨발로 국제공항에 떨궈지고 싶지 않았다.* 유리의 성에 지워질 듯 지워질 듯 어른거리고 싶지 않았다. 처음부터 다시 배우고 익히고 익숙해지고 드디어 상식적인

사람이라는 평판을 얻기까지 수줍은 미소를 띤 채 어정거리고 싶지 않았다. 드디어 길을 잃어버리지 않게 된 동네에서

오전에 산책하고 오후에 산책하는 나의 삶을 지키고 싶다. 평범하고 고독한 저런 사람을 의심해야 한다고 누군가 나를 가리키며 앞발을 감추고 발바리처럼 짖을 때까지 나는 오후에 산책하고 고요한 새벽에 산책하는 삶을 살아왔다.

제때 가스불을 끄고 사랑을 끄고 희망을 끄고 살아온 것이다. 죽기 전에 해야 할 일을 하며 살아온 것이다. 곧 가스불을 꺼야 한다고 나는 생각하고 있다.

* 어떤 젊은이가 했던 말을 똑똑히 기억한다. "당신은 위에 있고, 나는 맨발로 국제공항에 떨궈져 있어요." 나는 다시 어떤 젊은이가 되고 싶지 않았다.

—「이웃 사람」 전문

우발적인 타인의 두드림은 "이웃 사람"의 죽음을 통해 '나'에게 찾아온다. 이웃에 사는 한 "독신자"의 예상치 못한 죽음은 마치 '나'의 벽을 쳐대듯이 존재의 고요한 휴식에서 '나'를 흔들어 깨운다. 이 당혹스러운 불안정은 '나'를 "맨발로 국제공항에 떨궈"진 "어떤 젊은이"

로, "유리의 성에 지워질 듯 지워질 듯 어른거리"는 존재 바깥의 익명성으로 돌려놓는다. "나는 다시 어떤 젊은이가 되고 싶지 않"으며 "오전에 산책하고 오후에 산책하는 나의 삶을 지키고 싶다"는 욕구는 코나투스의 갑작스러운 해체에 저항하는 존재의 반발일 것이다.

'나'를 이 같은 갈등과 동요 속으로 몰아넣은 것은 이웃의 근접성이 촉발하는, 그의 죽음에 대한 '나'의 책임이다. '나'는 마치 기억할 수 없는 과거에 타인을 책임지는 자로 서임(敍任)된 사람처럼, 그의 죽음에서 자유롭지 못하다. 책임으로 인해 '나'는 벌거벗었으며, 잘못이 없음에도 고발당한다. "평범하고 고독한 저런 사람을 의심해야 한다고" "나를 가리키며" 비난하는 "누군가"의 손가락은 그 책임에 내가 유보 없이 노출되어 소환 당했음을 의미한다.

자기 존재 안에 안전하게 머물려는 욕구는 우리를 이 같은 책임에서 서둘러 물러서게 하고, 자신이 직접 저지른 잘못에서 비롯되지 않은 수많은 불행들에 대해 손을 씻게 만든다. 그러나 "제때 가스불을 끄"는 일처럼 오직 존재에 대한 염려에만 충실한 삶은 "사랑을 끄고 희망을 끄고 살아온" 삶에 지나지 않을 것이다. "세상의 모든 옆집이 빈 집이면 어떻게 당신의 이름을 부를 수 있겠"(「8時가 없어진다면」)는가?

‘불가능한 회피’의 고유한 흔적

그렇기에 김행숙은 『에코의 초상』에서 낯모르는 타인의 죽음들을 ‘옆집’에서 일어난 ‘이웃’의 일로 받아들인다. “파도”에 휩쓸려 “되돌아오”지 못한 사람(「저녁의 감정」)과 “철길” 위에서 “자살”한 사람(「철길」)과 “가스 밸브를 오픈하”며 “죽음”을 선택한 사람(「도시가스공사의 메아리」) 등은 모두 ‘세상의 모든 옆집’에 사는 그녀의 이웃들이다. 하여 그 죽음들 앞에서 그녀는 매번 “현기증이 감정처럼 울렁여서 흐느낌이 되”고(「저녁의 감정」), “몇 번을 죽었다 태어나는” 사람이 되며(「철길」), “침묵에 가장 가까워”진 “목소리”로 익명적인 “인간의 몸”(「도시가스공사의 메아리」)과 만난다.

그것은 죽을 수밖에 없는 자가 죽을 수밖에 없는 자에게 갖는, 면제되지 않는 책임일 것이다. 그런 책임은 현존의 과잉(주체의 자발성과 능동성)이 아니라 그것의 치명적인 결핍인, ‘수동성보다 더한 수동성’에서 나온다. 이럴 때 그 수동성은 영향받을 수 있는 능력이자 상처 입을 수 있는 능력이 된다. 존재에 대한 염려로 귀착되지 않는 이 같은 주체의 주체성은 그저 재이고 티끌인 ‘나’를 찢어놓으면서 고양시킨다.

물론 이 책임 속에는 어떤 실패가 있다. 감당할 수 있는 것 이상을 견디는 수동적인 참을성은 그 속에 '인내하지 못함'의 속성을 지니고 있어서, "나는 나를, 나는 나를, 나는 나를, 또 덮"(「밤에」)으며 존재 안으로 돌아가고자 한다. 그러나 이 실패는 윤리적인 원자가(原子價)를 갖는 실패이며, 말해진 것의 윤리를 능가하는 윤리적인 실패다.

> 돌에 새겨진 모년 모월 모일의 날짜들이 무한 우주 속으로 흡입되는 광경을 나는 상상했다. 왜 나는 데려가지 않았어요? 왜 모든 것 속에 나는 없어요? 나는 무의미해져도 무가 되지 않고, 무감각해져도 무가 되지 않고, 무한해져도 무가 되지 않고, 커도 어른이 되지 않고, 불행한 이웃을 그리워해도 불행한 이웃이 되지 않고…… 되지 않는 모든 게 진짜 나란 말입니까. 되지 않는 모든 것을 합치면, 결국 뭐라도 됩니까.
>
> —「조용한 지구」 부분

> 과거 위에 내려앉은 이미지는 몸통을 잃어버린 날개처럼 꿈속에서만 날아다닙니다. 나는 폐허에서 약초를 찾고 있었습니다. "자, 이 중에 하나는 약초고, 다른 하나는 독초다." 둘 중에 하나를 고르라고 윽박지르는 노인을 만났어요. 꿈결은 뒤척거리면서 이런 미치광이 노인들이 시간을 시험하기 좋은 무대를 꾸미죠. 그때마다, 약초를 원했는

데 독초를 고르고, 독초를 원했는데 약초를 고르고, 약초를 원했는데 약초를 고르고, 독초를 원했는데…… 어느덧 나는 한 그루 덤불을 껴안고 활활 타오르는 사람처럼 보였습니다.

〔……〕

문을 걸어 잠그고 뒤돌아서서 검은 장막을 쳤어야 했던 이유를 오랫동안 용서하지 않았어요.

―「잃어버려지지 않는/찾아지지 않는」 부분

'나'는 아무리 "불행한 이웃을 그리워해도 불행한 이웃이 되지 않"으며, 타인을 향한 정념의 극한은 어느 순간 감당키 어려운 두려움에 "문을 잠그고 뒤돌아서서 검은 장막을" 치게 만든다. 하지만 바로 그 실패 속에서 '나'는 타인의 불행을 '나'의 일로 겪어내고 있지 않은가? 자기 자신으로 존재하는 데 대한 절망적인 규탄(「조용한 지구」)과, "꿈결"에서조차 "용서"를 허락지 않는 기나긴 자책으로 "한 그루 덤불을 껴안고 활활 타오"르는 "시간"(「잃어버려지지 않는/찾아지지 않는」)들 속에서 말이다.

회피하고자 애써도 회피할 수 없는 책임의 흔적은 존재 안에 머물려는 집착과는 전혀 다른 방식으로 '나'를 개별화한다. 이렇게 김행숙은 우리 모두의 '죽은 어린아이'(부재하는 공동의 인간)에게 무한히 다가가면서도, 개

별적인 '나'로서의 그녀 자신이 된다. 김행숙의 시들은 그녀가 지닌 '회피할 수 없음'의 흔적, 불가능한 회피의 '고유한' 흔적이다. 그래서 『에코의 초상』은 익명적인 동시에 대체 불가능한 그녀의 초상이 된다. ▨